Carolin Emcke

Was wahr ist

Carolin Emcke

Was wahr ist

Über Gewalt und Klima

Wuppertaler Poetikdozentur
für faktuales Erzählen
2023

Herausgegeben von
Christian Klein und
Matías Martínez

WALLSTEIN VERLAG

Carolin Emcke, geb. 1967, studierte Philosophie in London, Frankfurt a.M. und an der Harvard University. Sie promovierte über den Begriff »kollektiver Identitäten«. Von 1998 bis 2014 bereiste Carolin Emcke weltweit Krisenregionen und berichtete darüber. 2003/2004 war sie als Visiting Lecturer für Politische Theorie an der Yale University. Sie ist Philosophin und Publizistin und engagiert sich immer wieder mit künstlerischen Projekten und Interventionen, u.a. den Thementagen »Krieg erzählen« und »Archiv der Flucht« am Haus der Kulturen der Welt. Seit fast 20 Jahren kuratiert und moderiert Carolin Emcke die monatliche Diskussionsreihe »Streitraum« an der Schaubühne Berlin. Ihre Bücher »Gegen den Hass«, »Wie wir begehren«, »Ja heißt ja und ...« wurden in über 15 Sprachen übersetzt.

Auszeichnungen u.a.: Merck-Preis der Deutschen Akademie für Sprache und Dichtung (2014), Friedenspreis des Deutschen Buchhandels (2016), Carl-von-Ossietzky-Preis (2020).

Inhalt

Für Eva Gilmer

»Dieser Sprache geht es, bei aller unabdingbaren Vielseitigkeit des Ausdrucks, um Präzision. Sie verklärt nicht, sie ›poetisiert‹ nicht, sie nennt und setzt. Sie versucht, den Bereich des Gegebenen und Möglichen auszumessen [...]. Wirklichkeit ist nicht. Wirklichkeit will gesucht und gewonnen sein.«

Paul Celan, Antwort auf eine Umfrage der Librairie Flinker, Paris 1958

Vorwort

Wir erzählen nicht nur für uns selbst.

Wir erzählen immer auch für die, die vor uns waren und die es selbst nicht mehr können. Wir erzählen, um an sie zu erinnern, wir erzählen, um anders an sie zu erinnern als die, die sie geleugnet und getötet haben, sie erinnert sehen wollten: als menschliche Wesen.

Wir erzählen immer auch für die, die nach uns kommen und die sich fragen, wie geschehen konnte, was geschehen sein wird. Wir erzählen, um ihre noch ungestellten Fragen zu beantworten, was wir versucht haben, worin wir gescheitert sind, wer wir hofften zu sein.

Als Erzählende muss man uns beim Wort nehmen können. Das ist anspruchsvoller und belastender, als es klingt.

Als Erzählende müssen wir Rechenschaft ablegen. Nicht nur über das, was wir schreiben, sondern auch über uns selbst. Wer wir selber sind, was wir als wahr zu begreifen bereit sind, wie wir selbst in die Gewaltformationen und Klimakrisen verwoben sind, warum uns das Sprechen und Schreiben nicht immer leichtfällt – all das will bedacht und miterzählt sein.

Über die Bedingungen des Erzählens im Angesicht von Gewalt und Klima wollte ich in den beiden Poetikvorlesungen in Wuppertal nachdenken. Viele Jahre meines Lebens habe ich aus Krisenregionen berichtet und geschrieben. Das liegt lange zurück. Aber das Nachdenken über

Ressentiments und Gewalt durchzieht immer noch alle meine Essays und Bücher. Die Klimakrise ist dafür erst in den letzten fünf bis zehn Jahren in meinen Fokus gerückt. Und so war es für mich zentral, beide Kontexte des Erzählens, Gewalt und Klima, miteinander zu verbinden.

Vorlesungen sind gesprochene Texte. Sie müssen vor-lesbar sein. Sie brauchen einen eigenen Klang, einen eigenen Rhythmus, sie lassen sich anders ein auf ein Publikum. Wenn Reden oder Vorlesungen als Texte veröffentlicht werden, geht meist etwas verloren. Ich habe die Manuskripte der Vorlesungen überarbeitet – hoffentlich, ohne den ursprünglichen Ton zu verlieren. Aber zwischen der Einladung in Wuppertal und der Abgabe dieses Texts lag der 7. Oktober, die Zäsur der entsetzlichen Anschläge der Hamas in Israel und die anschließende furchtbare Eskalation der Gewalt in Gaza. Danach war alles aus den Fugen. Es war schwer, weiter zu schreiben. Aber die hier verhandelten Fragen nach Wahrheit und Utopie, nach der Ethik des Erzählens haben ihre Dringlichkeit nicht verloren. Im Gegenteil. Wie Trauma und Gewalt sich einschreiben, wie sie das Weltvertrauen versehren und damit unsere Fähigkeit, miteinander ins Gespräch zu kommen, das hat sich in diesen bitteren Wochen einmal mehr gezeigt.

Und doch bleibe ich dabei: Wir sind sprachliche Wesen. Wir können nur durch und im Sprechen uns verstehen und die Welt begreifen. Und so hoffe ich, dass dieser kleine Band als ein Plädoyer verstanden wird für das Erzählen trotz allem.

Berlin, im Dezember 2023
Carolin Emcke

Was wahr ist

Über Gewalt und Klima

Vorlesung 1: Gewalt

»Every Saturday morning, first thing before breakfast, his parents held conferences with their children requiring them to answer two questions put to each of them: 1. What have you learned that is true (and how do you know)? 2. What problem do you have?«[1]

Toni Morrison, God help the Child

Damit lässt sich beginnen.

»Jeden Samstagmorgen …« Das Nachdenken über das, was wahr ist, ist eine *stete Übung*, ist nichts, was sich nur einmal fragen und erledigen ließe, das Nachdenken über das, was wahr ist, muss sich wiederholen, muss womöglich das, was einmal als wahr gelernt wurde, wieder betrachten, wieder vorlegen, wieder prüfen, wieder lernen. Jeden Samstagmorgen, wie in der Geschichte von Toni Morrison, oder in anderen Rhythmen, aber: Das Nachdenken über das, was wahr ist, ist *unabgeschlossen*.

»hielten seine Eltern Konferenzen …« Das Nachdenken über das, was wahr ist, ist *dialogisch*, es hilft, wenn es andere gibt, mit denen gemeinsam sich erörtern lässt, was wahr ist, und das bedeutet, dass nicht nur jede:r für sich eine eigene Antwort auf die Frage, was wahr ist, finden, sondern sie auch anderen gegenüber *mit Gründen* versehen muss.[2]

»Was hast Du gelernt, das wahr ist …« Was wahr ist, will *gelernt* sein, es ist nicht einfach da, es erschließt sich nicht

von selbst, was wahr ist, will entdeckt, befragt, begriffen, verstanden sein. Was wahr ist, versteht sich nur, indem gelernt wird, *warum* es wahr ist, was *dafür* spricht, dass es wahr sein könnte. Und was dafür spricht, dass es wahr sein könnte, lässt sich *nur* verstehen, indem gefragt wird, was *dagegen sprechen könnte*. Das Nachdenken über das, was wahr ist, braucht den Zweifel, die Skepsis, braucht den Test der kritischen Befragung, ob die eigenen Annahmen, die eigenen Indizien, die eigenen Gründe wirklich taugen.

Wer Nachdenken will über das, was wahr ist, braucht also Demut.

Vielleicht ist mir das, *vor allem anderen*, das Existentiellste: Jenes Schreiben, das nicht erfinden, nicht bloß meinen, nicht einfach lügen will, jenes Erzählen, das sich nicht an der eigenen Phantasie bedienen, sondern mit der Wirklichkeit befassen will, das erzählerische Bezeugen dessen, was geschieht oder was geschehen ist, *setzt Demut voraus*.

*

Sie haben mich eingeladen, über faktuales Erzählen zu sprechen, so vermute ich, weil mein eigenes Schreiben sich sehr lange im Wendekreis des Elends von Tod und Zerstörung abspielte und weil die Zeugenschaft von Gewalt und Entrechtung, von den Ungeheuerlichkeiten, zu denen Menschen fähig sind, eine besondere Form des Erzählens bedeutet.

Und so möchte ich in der ersten Vorlesung beginnen mit der Frage nach Wahrheit und Gewalt.

Das »Material«, der Stoff, die Anblicke und Erfahrungen, die ich in den meisten meiner Texte zu bearbeiten versuche, sind in poetischer Hinsicht mehrfach beschränkend und beschränkt. Und aus diesem beschränkten Material ergibt sich, fast zwingend, eine Form, vielleicht sogar mehr noch eine *Haltung* als ein Genre, die sich einer *bestimmten* Vorstellung der Poetik widersetzt.

Zuallererst, weil es um *faktuales* Erzählen geht, also um jenes Erzählen, das fragen muss, ob etwas als wahr oder real begriffen werden kann. Nun ist der Begriff der Wahrheit philosophisch anspruchsvoll. Und die Frage, was als real und was als konstruiert gilt, kontrovers. Es lässt sich das faktuale Erzählen leichter definieren über das, was es *nicht* ist. »Non-Fiction«, keine Fiktion. Es ist jenes Erzählen, das sich nicht an der eigenen Phantasie bedient. Es verhandelt Material, dem etwas in der Wirklichkeit entspricht.[3] Es bezieht sich auf etwas, für das nach Belegen, Spuren, Indizien gesucht werden kann, die sich als möglichst robust und belastbar erweisen.

»*Asking what truth is, is asking what it means for something to be accurate or get it right about how things are.*«[4]

Das erlegt dem Schreiben gestalterische Beschränkungen auf: Die Lust am Erzählen darf nicht verleiten zum Imaginieren. Nicht die Kunst des kreativen Erfindens wird belohnt, sondern es braucht, bei jedem Wort, jedem Satz, den Anspruch, dass diese Aussagen »zutreffen«, dass eine Sache sich so verhält, wie behauptet.

Das verlangt nicht nur, sich zu disziplinieren, sondern es verlangt auch, skeptisch zu hinterfragen, welche sozialen oder kulturellen Erwartungen die eigene Wahrnehmung unbewusst filtern oder lenken könnten, zu hinterfragen, was lediglich als wahr gesehen oder gehört werden *will*, weil es vertraut wirkt, weil es anschlussfähig ist an das, was schon einmal erlebt, gesehen, gedacht wurde. Wir registrieren eher das, was uns bestätigt in unseren Erwartungen, als das, was ihnen widerspricht. Da lässt sich noch so gutgläubig das Mantra der distanzierten Beobachtung aufsagen. Eine undurchsichtige, verwirrende Konfiguration aus Prägungen, Vorannahmen, aber auch affektiven Kompetenzen erleichtert oder erschwert die Wahrnehmung.

Gerade in Krisenregionen verleitet mitunter das Mitgefühl mit einer verzweifelten Person oder Gruppe zu empathischem Glauben-*Wollen* oder die idiosynkratische Abneigung einer unsympathischen Person zum Nicht-Glauben-Wollen. Das geschieht oft unmerklich und intuitiv. Es braucht das Befragen dessen, was einem geschieht und was es mit einem macht. Das Wahrscheinliche wie das Unwahrscheinliche, das Einleuchtende wie das Kontraintuitive wollen gleichermaßen reflektiert werden. Das schließt wohlwollende Zugewandtheit zu den Gegenübern nicht aus, das schließt Anteilnahme nicht aus.

In Caravaggios berühmtem Gemälde »Der ungläubige Thomas« gibt es ein berührendes Detail. In der biblischen Erzählung will Thomas die Erscheinung, von der die anderen Jünger ihm berichten, nicht einfach für wahr nehmen. Er will den auferstandenen Herrn selbst sehen. Er will die Spuren der Kreuzigung am Körper Jesu sehen und berühren. »Wenn ich nicht in seinen Händen die Nägelmale sehe und lege meinen Finger in die Nägelmale und lege meine Hand in seine Seite, kann ich's nicht glauben« (Johannes 20, 24–29). In der Geschichte wird Thomas als negatives Beispiel des schwachen Glaubens angeführt (»Spricht Jesus zu ihm: Weil du mich gesehen hast, darum glaubst du? Selig sind, die nicht sehen und doch glauben!«). Der wahre Glaube soll der sein, der ohne Prüfung auskommt. Der wahre Glaube soll der sein, der fraglos daherkommt. Thomas wird ermahnt, weil er sich vergewissern muss, weil er selbst sehen und berühren will, weil er Gründe braucht, dem Gehörten zu trauen.

Auf dem Gemälde berührt Thomas nicht nur die offene Wunde, sondern steckt den Finger regelrecht hinein. Caravaggio lässt Thomas schlichter als die anderen Figuren aussehen, sein Hemd ist aufgerissen an einer Seite und dann ist da die schmutzige Hand. Während die Finger Jesu leuchtend sauber gemalt sind, ist bei Thomas noch etwas dunkler Dreck unter dem Nagel zu erkennen. Der ungläubige Thomas soll offensichtlich etwas gröber erscheinen. Was hier abwertend gemeint ist, die von Arbeit noch dreckigen Fingernägel, gefällt mir besonders gut. Das entspricht mir: Wer etwas verstehen will, wer etwas befragen will, muss sich schmutzig machen. Wer das erkennen will, was wahr ist, kann sich und auch andere nicht schonen.

Verstehen ist Arbeit. Immer wieder nachvollziehende, sich erweiternde, korrigierende, vertiefende Arbeit. Das braucht Zeit. Manchmal braucht es auch Mut. Den Mut, nicht schon einverstanden zu sein, nicht schon überzeugt zu sein, sich nicht anzupassen an das, was von einem erwartet wird, was man denken oder glauben sollte. Wer erzählen will, was wahr ist, muss wissen, dass es dafür später auch einzustehen gilt, mit der eigenen Person, dem eigenen Körper, dem eigenen Text.

Und um für meine Worte einstehen zu können, muss ich nachfragen dürfen. Wir erleben gerade, während ich diesen Text für die Drucklegung bearbeite, die furchtbare Gewalt im Nahen Osten. Und wir erleben, wie wechsel-seitige Vorwürfe, wechselseitiger Verdacht, wechselseitige Ressentiments das öffentliche Sprechen verzerren und be-lasten. Universalistische Empathie erscheint gerade man-chen so schwer wie jenes Verstehen, das Mühe macht, das sich die Finger schmutzig macht, weil es genau sein will. Auch in diesem zutiefst verzweifelten Moment des Terrors und des Kriegs in Israel und Gaza braucht es das ruhige Befragen. Nachfragen und Verstehen-Wollen bedeutet keine Parteinahme. Nachfragen bedeutet keine Absage an Mitgefühl. Wir müssen vorsichtig sein, dass wir nicht – aus Anteilnahme mit der einen oder anderen Seite, aus Schmerz und Wut über das, was geschehen ist und weiter geschieht – den Anspruch ans Verstehen oder auch die Suche nach dem, was wahr ist, für überflüssig halten oder per se für voreingenommen. Sondern wir müssen immer wieder und immer noch mit dem Finger an den Rand der Wunde oder in sie hineingehen und fragen: »Ist das wahr?«

Nachzufragen bedeutet zum Beispiel, nach Indizien und Belegen zu suchen, die belastbar sind, die gesicherte Hinweise darauf geben können, von wem oder was am 17. Oktober der Parkplatz des christlichen »al-Mustašfā al-ahlī al-ʻarabī«-Krankenhauses in Gaza getroffen wur-de. Es gibt bislang verschiedene Untersuchungen dazu, wer die Verantwortung für diesen entsetzlichen Beschuss/die Explosion trägt, es gibt sich widersprechende Analy-sen, es gibt staatliche und nicht staatliche, journalistische und nicht journalistische Ermittlungen und Recherchen, manche korrigieren nicht nur andere, sondern auch eige-ne, frühere Einschätzungen. Es muss untersucht werden. Nachzufragen und zu recherchieren stellt sich nicht in den Dienst der einen oder der anderen Seite. Sondern es stellt sich in den Dienst der Wahrheitssuche. Damit wird nicht zuletzt den Opfern Respekt gezollt. Nach Indizien und Belegen zu suchen, ist eben keine Absage an Mitgefühl. Im Gegenteil: Diese Suche *ist* Anteilnahme.

Gewiss, im Krieg lassen sich manche Handlungen und Ereignisse nicht letztgültig aufklären. Allzu oft wird die Wahrheitssuche absichtsvoll erschwert, verzögert, gestört. Allzu oft führen alle Ermittlungen zu einem Urteil, das lediglich mit Wahrscheinlichkeiten argumentiert. Dann bleibt einem nur, in jedem einzelnen Fall zu prüfen, ob die Gründe und Indizien reichen, vernünftigen Zweifel auszuschließen. Mehr haben wir nicht.

*

Wer über Landschaften aus Tod und Zerstörung schreibt, wer davon erzählt, wie Gewalt Menschen versehrt, muss über den Begriff der Zeugenschaft nachdenken. Nicht über den religiösen Zeugen, der Wunder bestätigt (wie der skeptische Thomas), nicht die juristische Zeugin, die als unbeteiligte Dritte in einem Prozess vor Gericht als mutmaßlich neutrale Instanz aussagt. Was ist nun aber jene Form der Zeugenschaft, bei der es um extreme Erfahrung der Entrechtung und Gewalt geht?

Die erste Unterscheidung, die es voranzustellen gilt, ist die zwischen Betroffenen und Beobachtenden. Beide könnten sich als Zeug:innen verstehen, aber sie sind kategorial verschieden. Es gibt jene, die selber Opfer geworden sind, die Gewalt erfahren und durchlitten haben, deren Angehörige gequält und ermordet wurden, es gibt jene, die überlebt haben, die, wie versehrt auch immer, »weiter leben«. Es sind Innen-Zeug:innen, Menschen, die aus dem finsteren Kern der Vernichtung, der Lager und Gefängnisse, von Flucht und Zerstörung erzählen können. Es sind Zeug:innen, die »das Leid als Erfahrungswissen« kennen, wie Avishai Margalit das einmal genannt hat.[5]

Innen-Zeug:innen können natürlich auch diejenigen sein, die zu der Tätergemeinschaft gehörten. Die aus dem Inneren der Gewalt berichten können, weil sie dazugehörten, weil sie mitgemacht haben, weil sie sich im Recht wähnten, weil sie bereitwillig Befehle befolgten, weil sie Freude hatten am Vergewaltigen und Quälen wehrloser Menschen, weil sie als Kinder versklavt und in eine Miliz oder Armee genötigt wurden. Auch dies ist Zeugenschaft. Auch dies sind Innen-Zeug:innen. Allerdings sind ihre Erzählungen seltener.[6]

Diese Erzählungen brauchen – wie bei den Opfern, den Überlebenden – eine einordnende Kontextualisierung: Wo wird gesprochen? In was für einem Rahmen? In einem geschützten Raum, in einem öffentlichen Strafprozess? Sind es heimliche Aufzeichnungen und Abhörprotokolle, von denen jene, die da sprechen, nichts wissen? Wem dient die Zeugenschaft? Sozialer Gerechtigkeit oder persönlicher Rache? Wird Entlastung gesucht oder Verharmlosung der eigenen Verbrechen?

All das sind Fragen, die bedacht sein wollen.

Mein eigenes Schreiben im Kontext von Krieg und Gewalt war (und bleibt) erfüllt von den Zeugnissen von Überlebenden. Es sollten ihre Innenerfahrungen im erzählerischen Zentrum stehen, ergänzt und beglaubigt durch eigene Eindrücke und Erfahrungen. Auf Reisen in

Krisenregionen geht es nicht nur um die optischen Eindrücke, nicht nur um die Orte, Städte oder Landschaften. Nicht nur um Topographien der Gewalt, nicht nur um Tatorte, Privathäuser oder Gefängnisse. Sondern es sind vor allem Begegnungen und Gespräche mit Menschen, zivilen Opfern, Überlebenden. Mit denen, die vorher nicht gehört wurden, die nicht zählten, die negiert wurden als Individuen, die die Gewalt in ihrem Griff hatte, die vertrieben und verleugnet wurden. Mit ihnen zu sprechen, ihnen zuzuhören, ihre Worte aufzunehmen, dient einer doppelten Aufgabe: natürlich der Suche nach dem, was geschehen ist, aber auch immer der Re-Humanisierung derer, denen ihre Menschlichkeit abgesprochen wurde.

*

Es hat eine lange Tradition, die Glaubwürdigkeit der Innen-Zeug:innen zu bezweifeln. Die epistemische Autorität der Überlebenden zu diskreditieren, paradoxerweise gerade, weil sie etwas selbst durchlebt und durchlitten haben. Ihr Erfahrungswissen wird disqualifiziert, ihre Fähigkeit, sich wissenschaftlich mit den historischen Ereignissen zu befassen, die sie selbst erfahren haben, wird als »betroffen« und damit »voreingenommen« herabgesetzt. Das konstituiert eine eigene Form der Zeugnis-Ungerechtigkeit, wie Miranda Fricker es in »Epistemische Ungerechtigkeit« grandios analysiert.[7]

Das erfuhren schon viele der Überlebenden der Shoah, die in der historischen Forschung als Wissenschaftler:innen abgewertet wurden. Die Historikerin und Leiterin des NS-Dokumentationszentrums Mirjam Zadoff beschreibt in »Gewalt und Gedächtnis«, wie die Historiker:innen, die ins Exil geflohen waren, Raul Hilberg, Fritz Stern oder George L. Mosse, in den Nachkriegsjahren in Deutschland absolut abschätzig behandelt wurden. »Den geflüchteten Historiker:innen [wurde unterstellt], infolge ihrer ›langjährigen Entfremdung vom deutschen Boden‹ nicht in der Lage zu sein, objektiv über die Zeit des Nationalsozialismus zu berichten. Sie hegten Ressentiments, die ›kein günstiger Nährboden nüchtern objektiver Geschichtsschreibung‹ seien.«[8] Das ist von beeindruckender Perfidie. Als wären diejenigen, die komplizitär verwoben waren mit dem Nationalsozialismus oder Nachgeborene der Tätergemeinschaft, »neutraler« in der Betrachtung der historischen Fakten. Als wäre die hautnahe Erfahrung, das Durchleben jener Jahre in den Lagern, keine Erkenntnis. Als wäre das kein Wissen.

Mir waren und sind Innen-Zeug:innen erst einmal Menschen, die etwas erlebt und durchlitten haben. Und ihnen zuzuhören, ihre Erfahrungen zu verstehen versuchen, das alles gehört für mich zu jenen Praktiken, durch die wir Wissen gewinnen.

*

Es wird hier nicht »das Leid anderer *betrachtet*«, wie es bei Susan Sontag hieß, auch wenn das eine unscharfe Formulierung war. Denn dieser Essay bezog sich auf Bilder, Photographien oder die Aquatinta-Radierungen »Die Schrecken des Krieges« von Francisco de Goya. Es verhandelte die Fragen des Blicks auf und des Verstehens von Krieg und Gewalt anhand von bildlichen Darstellungen. Das ist etwas anderes als die ästhetisch unvermittelte *Begegnung* mit dem Leid anderer, im Hinhören, im Miteinandersprechen, *vor Ort*, in gewaltförmigen, zerstörten, instabilen, gefährdeten und gefährlichen Kontexten.

Dieses Leid lässt sich nicht einfach »betrachten«, sondern es fordert einen heraus. Ich muss mich auch dazu verhalten als Gegenüber. Nicht nur als Beobachterin, nicht nur als Autorin, sondern auch als Person. Es braucht und bleibt jene ehrliche Distanz, die um die eigene Rolle weiß, die ernst nimmt und erkennt, was sie nicht leisten kann, welche Versprechen sie nicht geben kann, welche Nachfragen auch nötig sind, um die Geschichte der anderen auch tatsächlich zu verstehen. Aber deswegen bleibt es doch zuallererst und zuletzt eine menschliche Begegnung. Das Leid, der Kummer, der Schmerz, die Verstörung, aber auch die Gewalt und Schutzlosigkeit sind rundherum noch präsent. Dieses Mittenhinein nimmt einen anders in Anspruch. Vor Ort, in Krisenregionen, gibt es auch Gefahren und Bedrohungen. Auch als Beobachterin werde ich nicht geschont. Auch ich kann attackiert, bedrängt, beschossen werden. Dann sind es nicht mehr die Erfahrungen anderer, die es zu beschreiben gilt, dann sind es eigene.

Es ist immer eine *doppelte Anforderung*, die sich mir stellt: eine epistemische und eine ethische. Es sind immer zwei Bezüge, in denen ich denken oder mich verhalten muss: der *Bezug zum Faktischen* und der *Bezug zum Anderen*. Es gilt, zu fragen, was wahr ist, woher ich weiß, dass es wahr ist, es gilt, zu bedenken, dass dieses Erfahrungswissen, von dem mir Menschen erzählen, für mich selbst Wissen »aus zweiter Hand« ist. Das muss ich ausweisen, kenntlich machen und eben in dieser Fragilität des Wahrheitsanspruchs immer reflektieren. Ich darf diese epistemologischen Probleme nicht ausblenden. Ich muss mich und die Kontexte, in denen mir etwas erzählt wird, permanent einordnen.

Und dann ist es eine ethische Aufgabe. Weil im Kern eine Begegnung mit einer:m anderen steht, weil es darin um Vertrauen geht, jenes Weltvertrauen, das für diejenigen, die geprügelt wurden, die gefoltert wurden, wie Jean Améry schrieb, »mit dem ersten Schlag verloren geht«. Die ethische Aufgabe für mich als Erzählerin, als Außen-Zeugin, adressiert diesen Bruch im Vertrauen.

Was es dabei als Erstes zu bedenken gibt:

Es ist nicht *mein* Material, sondern es waren und sind die Erlebnisse und Erfahrungen *anderer.* Wer nicht selbst aus der Überlebenden-Perspektive schreibt, ist erst einmal nur eine Person, die zuhört, beobachtet, jemand, dem:der etwas anvertraut wird. Es ist das Erzählen des Erzählens anderer. Nicht nur irgendwelcher anderer, sondern es sind die Erfahrungen von Menschen, denen Gewalt angetan wurde, die fliehen mussten, deren Häuser oder deren Land verwüstet und zerstört wurden, Menschen, die ausgebeutet, versklavt, ausgehungert oder missbraucht wurden, Menschen, deren Familien ermordet wurden, Menschen, denen niemand mehr zugehört hat seit langem, Menschen, die womöglich zu niemandem mehr gesprochen haben seit langem. Es sind *ihre* Gewalterfahrungen, von denen ich erzähle.

Das ist in *einer* einzigen Hinsicht von Vorteil. Die existentielle Frage, mit der sich unendlich viele Schriftsteller:innen herumschlagen: *wozu* schreiben?, die stellt sich nicht. Niemand, der an einer Beerdigung in Gjakova/Gjakovë oder Medellin teilgenommen hat, niemand, der jemals in einem Flüchtlingslager, in einer Gefängniszelle, in einem Operationssaal in einem minder ausgestatteten Krankenhaus in Kabul oder Chan Yunis, Port-au-Prince oder Erbil gesessen hat, niemand, der an einem dieser Orte Menschen zugehört hat, fragt sich: *wozu schreiben*? Die Gegenüber nehmen einem diese Frage ab. Der vielleicht *einzige* Luxus dieser Situationen besteht darin, dass das Schreiben nicht als überschüssiges Privileg, sondern als *fraglose Notwendigkeit* daherkommt. Es *muss* geschrieben werden.

Wer wären wir, wenn wir, im Angesicht des Leids anderer, *nicht* schrieben? Wer wären wir, wenn wir dies geschehen ließen, wenn dies wahr wäre, *ohne* dass wir es beschrieben. Wenn wir sagten »*nothing to write home about*«, wenn wir es hinnähmen, wortlos, ohne es anzuklagen, ohne zu trauern? Nicht zu schreiben, hieße: sich komplizitär, sich einverstanden zu erklären mit der Gewalt, zu schweigen, hieße: das, was geschehen ist, was jemandem angetan wurde, als normal, als üblich zu behaupten. Wer wären wir, wenn wir wüssten von dem, was geschehen ist und was weiter geschieht, wenn wir das Leid der anderen kennten, wenn wir davon hörten, ihre Angst sähen, ihre Verletzungen, ihre geschundenen Körper, ihre zerschlagene Sprache – und es *nicht* erwähnenswert fänden?

Nein. Es *muss* beschrieben werden.

Bevor jedoch irgendetwas überhaupt zu Text werden kann, gibt es eine *Begegnung* mit einer Person, die zustimmen und wollen muss, dass ihre Erfahrungen festgehalten und beschrieben werden. Das ist keine Selbstverständlichkeit. Das ist keine einmalige Frage, das ist ein Prozess. Meist beginnt etwas als eine zufällige Begegnung, auf der Straße, auf dem Feld, an einem Fluss, zwischen Trümmern, zwischen Gräbern, zwischen versehrten Körpern.

Vielleicht wird eine Einladung ausgesprochen, sich zu setzen, vielleicht gibt es ein Glas Tee, es beginnt ein Gespräch. Und das heißt für mich immer und unter allen Umständen, mich vorzustellen *als jemand, die schreibt*. Nie und nirgends heimlich. Wer erfahren will, was wahr ist, wer aufschreiben will, was geschehen ist, sollte auch nicht über die eigene Rolle lügen. Sehr oft gibt es die Bitte »Schreibst du das auf?«, aber ohne diese Aufforderung muss gefragt werden, ob Notizen gemacht werden dürfen, ob der Name erwähnt werden darf. Das muss nicht sein. Die Begegnung ist so oder so wertvoll, das Gespräch so oder so ein Geschenk des Vertrauens. Das ist nie nur Material, nur eine Quelle, eine Information. Das ist ein Mensch, der etwas zu sagen hat.

Es sind und bleiben die Eindrücke und Erlebnisse anderer und das heißt: *Nichts davon gehört mir*.

Das sagt sich so leicht daher. Aber das ist gewichtig.

Denn bereits daraus ergibt sich eine unübersichtliche, hyperkomplexe Menge an ethischen Imperativen, die allen ästhetischen Parametern *voraus*gehen. Ich kann über dieses Material nicht einfach frei verfügen. Es ist *nicht mein Besitz*. Es gehört anderen. Es sind ihre Leben, ihre Schmerzen, ihre versehrten Körper, ihre ausgelassenen Hochzeitsfeste, ihre Sehnsüchte, ihre Erzählungen, die mir aufgetragen werden, damit ich sie aufnehme, annehme, mir durch meine Sprache, in meinen Texten aneigne – *ohne* sie mir zu eigen zu machen.

Die Erfahrungen anderer zu beschreiben, heißt: sich mit ihnen vertraut zu machen, *als ob* sie die eigenen wären, und ihnen dennoch jene Autonomie zu lassen, die sie eben *als* die Erfahrungen einer *anderen* Person ausweist. Das ist ethisch eine große Untiefe.

Es bedeutet, sich sicher zu sein, was Stimme und was Perspektive ist, also immer auch zu wissen und scharf konturiert zu halten, wer man ist und wer man *nicht* ist, *in sich* zu bleiben die ganze Zeit und zugleich auch zu dem oder zu der anderen hin denken und fühlen zu können. Es bedeutet, sich bewusst zu halten, wer das ist, die da erzählt, und wer es ist, von dem:der erzählt wird. Das setzt auch voraus, sich der eigenen Position als Weiße, als Europäerin und der eigenen Geschichte der Gewalt bewusst zu sein. Es bedeutet, sich zu fragen, mit welchen Vor-Erfahrungen, mit welchem berechtigten Misstrauen oder welcher Angst auch mir begegnet werden könnte. Das gehört zur Annäherung an andere Menschen immer dazu: zu bedenken, mit welchen Gesten, mit welchen Worten, mit welchem Auftreten ich frühere Erfahrungen der Missachtung oder der Herablassung, der Demütigung oder der Verachtung wieder aufrufe. All das bedeutet, die Behauptung des »Sprechens für andere« immer und permanent kritisch zu reflektieren.

Es gilt, in meinem Fall, allerdings auch, sich bewusst zu halten, was es bedeutet, als homosexuelle, als queere Person in Gesellschaften zu reisen, in denen uns keine eigene Stimme eingeräumt wird, in denen wir kriminalisiert, eingesperrt und vergewaltigt, ausgeschlossen oder hingerichtet werden. Ich bin nicht per se im Vorteil, ich bin nicht nur mit privilegiertem Status ausgezeichnet. Sondern ich bin oft in Kontexten gewesen, in denen mir als Frau und als queerer Person normalerweise kein öffentlicher Ort, keine Rechte, kein Schutz zugestanden werden. Vielleicht wird mir als Fremder etwas zugestanden, was anderen sonst nie gewährt würde. Aber als queere Person kann ich kaum sichtbar werden.[9]

Es ist also immer *auch* ein Reflektieren auf die asymmetrischen Anordnungen der Macht oder Ohnmacht nötig, die diese Begegnungen und Erzählungen präfigurieren. Als wer ich sprechen und zuhören kann, als queere Person, ist prekär. Was und wer ich bin, ist nicht vorgesehen, ist unaussprechlich, undenkbar, unmöglich. Es kann Momente und Begegnungen geben, in denen ich mich zeigen kann, aber das will bedacht sein. Es mag überlebenswichtig sein, für mich, aber auch für diejenigen, die mit mir arbeiten und reisen, da keinen Fehler zu begehen.

Vielleicht ist es die queere Erfahrung der Verwundbarkeit, der ewig Gefährdeten, die mich verbindet mit denen, die mir ihre Leben anvertrauen. Als queere Person weiß ich, wie kostbar es ist, sich anvertrauen zu können, wie unverzichtbar, frei sprechen zu können, ohne Angst, offenlegen zu können, den eigenen Körper, die eigene Lust zeigen zu können, nichts aus Scham oder Schonung verbergen zu müssen. Vielleicht weiß ich daher auch, wie volatil die Momente des Aussprechens sind.

Die Erfahrungen *als* Erfahrungen einer anderen zu respektieren, also: in jedem Moment des Schreibens sich gewahr zu bleiben, dass dieses Material einem nur an-vertraut ist und dass dieses Vertrauen sich erst nachträglich, *im und durch den Text*, als berechtigt herausstellen kann, verlangt, und das mag erst mal überraschen, *Diskretion*. Wer ethisch erzählen will, muss schweigen können. Wer von Gewalterfahrungen anderer erzählen will, muss weglassen und verzichten können.

Auch wenn jemand *vorab* darum bittet, von eigenen Erfahrungen erzählen zu dürfen, auch wenn vorab mein Notieren, Aufschreiben, Erzählen als erwünscht behauptet wird – in der direkten Begegnung, im einmal geöffneten Gesprächsraum verliert sich manchmal das Bewusstsein, wem da erzählt wird. Manchmal bin ich im Fokus, ich bin die, mit der eine vertrauensvolle Atmosphäre entsteht. Manchmal wird nur mir erzählt. Manchmal vielleicht nicht einmal wirklich mir. Vielleicht dringt die Erzählung ohne Adressaten hervor. Manchmal geht die kontrollierte Entscheidung über das, was *mir*, und das, was allen *nicht Anwesenden*, der späteren Öffentlichkeit erzählt sein will, verloren.

Warum?

Manchmal ist es überhaupt das erste Mal, dass ein Opfer von Gewalt ein Zeugnis von innen abzulegen, also *darüber* zu sprechen versucht. Die Erfahrung ist noch nicht in die Struktur einer fertigen Erzählung überführt (womöglich besteht genau darin ein Motiv, sich einem anderen anzuvertrauen). Sie hat noch keinen »*plot*«. Sie ist noch nicht gefestigt. Was an welche Stelle gehört, ist noch nicht etabliert. Was erläutert werden muss für jemanden wie mich, die noch nie nackt in eine Tonne mit Aalen gezwungen wurde, die nicht weiß, wie lange ausgepeitschte Fußsohlen brauchen, bis sie wieder belastbar sind, die nie über einen längeren Zeitraum den Kopf in den Nacken legen und schlucken musste.

Was also jemand wie ich als Zuhörerin an Informationen braucht, um sich überhaupt *ausmalen* und verstehen zu können, wovon da die Rede ist, dafür gibt es für die, die erzählen, oftmals noch keine Übung. Eine solche extreme

Erfahrung mit Entrechtung und Gewalt, die noch keinen Ort gefunden hat, an dem sie abgelegt, eingebaut, vermeintlich stabil gehalten werden kann, die noch keine Form in Begriffen gefunden hat, die vor allem noch keine Zuhörer:innen gefunden hat, weil niemand mit solchen Bildern und solchem Wissen belastet werden soll oder will, eine solche Erfahrung, einmal angerührt, lässt sich nicht unbedingt *beherrschen*. Sie entzieht sich oft, anders als das Erzählen von harmloseren Begebenheiten, der kontrollierten Gestaltung.

Manches bleibt im Innern zurück, verborgen, ungehoben, stumm. Manches verklumpt, verklebt, kommt nur in Verformungen oder Chiffren hervor. Manches wird von Tränen unterbrochen, manches wird rückwärts erzählt oder kreisförmig, manches wird lange umrundet – bis es sich schließlich erzählen lässt.

Allzu leicht werden die Erzählungen von Überlebenden pathologisiert, weil sie vielleicht anders klingen, gebrochener sind, weniger linear. Allzu leicht gelten die Opfer von Gewalt als gestört – und nicht die Strukturen und Praktiken von Entrechtung und Gewalt, denen sie unterworfen waren. Das ist so bequem wie falsch. Die Ethik des Zuhörens beginnt eben dort, wo eine Person von einer Grenzerfahrung zu berichten versucht. Und es kommt nicht sofort verständlich daher, es wird verzögert oder unterbrochen, es gibt Passagen, die es erst zu entwirren gilt, es gibt Lücken, in denen besonders Grausames vermutet werden kann, es gibt Zeitebenen, die vertauscht werden. Das darf nicht voreilig als irrational oder beschädigt oder nicht glaubwürdig entwertet werden. Erst hier beginnt die hermeneutische Aufgabe, diese Erzählung nicht einfach als unsinnig, sondern möglicherweise gerade als ausgesprochen angemessene und sinnvolle Darstellung von extremer, sinnloser, nicht verstehbarer Gewalt zu begreifen.

*

Kritische Medienwissenschaftler:innen arbeiten meist mit der umgekehrten Unterstellung: dass erzählt und fabuliert würde mit narzisstischer oder propagandistischer Absicht. Dass Akteure in Kriegsgebieten die öffentliche Deutung zu manipulieren suchten. Dass professionelle Accounts der einzelnen Fraktionen, Parteien, Kombattanten mit Falschmeldungen, Deep Fakes die Wahrnehmung zu verzerren, zu irritieren, zu stören versuchen. Immer im eigenen demagogischen Interesse. Das ist wahr. Das gibt es. Es wird gern analysiert, wie ausgeschmückt oder übertrieben wird. Oder wie absichtlich weggelassen und verkürzt wird, was die eigene Seite angerichtet und verbrochen hat. Das ist wahr. Das gibt es.

Jenseits der absichtsvollen Desinformation und Entstellung gibt es unscharfe, verworrene, fehlerhafte Geschichten. Erzählte Erinnerungen sind erzählte Erinnerungen. Sie sind fallibel. Sie unterliegen bewussten oder unbewussten Filtern. Filtern aus Ängsten, aus Wünschen, aus Scham oder Rücksichtnahme, die verbergen, was zu erinnern traurig oder gefährlich wäre. Die ergänzen, was zu erinnern günstig oder wohltuend wäre. Die glauben und weitererzählen, was andere geglaubt und erzählt haben.

Und das gilt es zu überprüfen, zu evaluieren und zu falsifizieren. »Und woher weißt du, dass es wahr ist?« bei Toni Morrison. Dafür bedarf es handwerklicher Umsicht und Fleiß. In Zeiten sozialer Medien und künstlicher Intelligenz, durch die noch ganz andere technische Möglichkeiten der Verfälschung, der Manipulation, der Desinformation bestehen, wird diese Umsicht immer weiter erschwert. Es gibt als Quellen der Recherche eine unübersichtliche Fülle an Handyvideos, es gibt, je nachdem in welcher Gegend man sich bewegt, Bildmaterial via TikTok und YouTube, aus CCTV, aus Bodycams, aus Überwachungskameras, nicht nur staatlichen, sondern aus privaten Ladengeschäften, Tankstellen, privaten Häusern und Büros.

Es lassen sich mittlerweile endlose Mengen an Material aus der Distanz verifizieren und falsifizieren. Dafür gibt es forensische Digitalexpert:innen bei den internationalen Menschenrechtsorganisationen wie Human Rights Watch oder Amnesty International, aber auch in den Redaktionen vieler Medienhäuser. Es gibt Expert:innen wie das Team von »Bellingcat« oder auch »Forensic Architecture«. Sie rekonstruieren Ereignisse mithilfe von Geolocating, sie erarbeiten chronologische Verifizierungen von Bildmaterial, sie erstellen räumliche Modelle und Visualisierungen von Ereignissen, die Tatorte und Verbrechensabläufe präziser rekonstruieren helfen.

Sie leisten unverzichtbare Arbeit bei der Aufklärung von Kriegsverbrechen, bei terroristischer Gewalt und auch all jenen Taten, die verschwiegen, vertuscht, vergessen werden sollen. Die kleinteiligen Analysen von »Bellingcat« während des russischen Angriffskriegs, bei dem eine unüberschaubare Flut von fabrizierten Fehlinformationen im Netz kursierte, waren so aufwendig wie hilfreich. Gemeinsam mit dem »European Centre for Constitutional Rights« hat »Forensic Architecture« beispielsweise über die systematische Folter in syrischen

Gefängnissen gearbeitet. Auch die Ermordung von Halit Yozgat durch den NSU am 6. April 2006 in einem Internetcafe in Kassel wurde von »Forensic Architecture« in beeindruckender Weise rekonstruiert und modelliert, sodass zahlreiche Unstimmigkeiten, Widersprüche und Falschaussagen aufgedeckt werden konnten.[10]

Aber es bleibt immer noch auch die klassische Vor-Ort-Recherche. Es braucht die Suche nach Widersprüchen, nach dem, was womöglich auch wahr ist, auch wenn es anderem entgegenstehen mag. Es braucht andere Zeug:innen, andere Quellen, andere Perspektiven, Gegenstimmen, es braucht das Vergleichen und Abgleichen verschiedener Erzählungen, es braucht manchmal das Ablaufen der erzählten Strecken, das Rekonstruieren der zeitlichen Abläufe, die Suche nach Spuren in Gebäuden oder Resten von Gebäuden, es braucht die Suche nach Schusslöchern, nach Leichen, nach Weggeworfenem, Verlorenem. Das ist, was vor Ort schon möglich und nötig ist.

Und selbst bei all diesem Bemühen um Plausibilität, um Belege, um Bestätigungen, selbst dann ist nicht mit absoluter Sicherheit auszuschließen, dass es Fehler gibt, Irrtümer oder auch Täuschungen. Und natürlich gelingt nicht jede Begegnung. Natürlich taugt nicht jedes Gespräch als Material. Natürlich gibt es Personen, Funktionäre oder offizielle Sprecher, die nur die vorgestanzten Walzen einer dogmatisch bestifteten Spieldose abspielen.

*

Aber der für mich *beunruhigendere* Fall ist ein anderer: dass die einmal angerührte Erfahrung, *ohne* bewusste gestalterische Absicht, vielleicht sogar ohne bewussten Adressaten, an den sie sich richtet, *hervorbricht*. Dass eben nicht in manipulativer Absicht erzählt wird, sondern dass eine belastende, brutale, schmerzliche Erfahrung auftaucht und sich Worte sucht. Das geschieht vielleicht zögernd, vielleicht stockend, vielleicht nur gebrochen. Und manchmal vergessen die, die da sprechen, *wem* sie erzählen. Es wird vielleicht gar nicht mehr so genau bedacht, wer Adressat dieser Geschichte ist. Ob es die Fremde ist, die ihnen gegenübersitzt, diese eine Person, oder ob es das Publikum ist, die unbekannte Öffentlichkeit, in der diese Erfahrung später dann als Text festgehalten ist. Es ist eine Frage des Anstands, sich zu fragen: Wem wurde da gerade erzählt? Ist das wirklich für die Öffentlichkeit bestimmt? Beschädigt da vielleicht jemand sich selbst?

Ich kenne das gut, denn dieses Erzählen von etwas, was noch nie erzählt wurde, dieses Erzählen von etwas, was noch keine etablierte erzählerische Ordnung kennt, gibt es auch in einem ganz anderen Kontext, wenn von einer ganz anderen Not gesprochen wird: beim erstmaligen Sprechen über Homosexualität. Auch hier umkreisen Menschen den Kern der Erfahrung, des Wollens, Wünschens, Begehrens, jener Lust, die keinen Namen kennen darf, weil sie verboten ist, tabuisiert, kriminalisiert, weil sie vermeintlich eine andere Wirklichkeit erhält, wenn man ihr ihren Namen gibt.

Es ist die Umkehrung des »Rumpelstilzchen-Prinzips«: Wo meist die Gefahr gebannt werden kann, wenn man einem Ding einen Namen geben kann, ist es bei Homosexualität, bei jenem Lieben und Begehren, das anders ist als die Norm, andersherum: Die, die erzählen, quält die Angst vor dem Begriff, der die tabuisierte Praxis bezeichnet, als ob sie jemand anderes würden, wenn das, was sie wollen oder praktizieren, mit diesem Wort in Verbindung gebracht wird. Als ob sie, wenn sie dieses Wort aussprechen, eine andere *Gestalt* annähmen – eine, die ihnen (noch) fremd erscheint, und in die sie, so die Befürchtung, ein Leben lang gepresst würden.

Auch bei diesen Erzählungen bleibt manches zurück, manches verklumpt und manches eilt unbeabsichtigt davon. Auch hier vergessen sich die Sprechenden, kontrollieren nicht mehr, ob sie anderen, mir oder womöglich überhaupt nur sich selbst erzählen, was sie spüren.

Für dieses unkontrollierte Mehr, diese Erzählung, die sich und das Publikum vergisst, die sich nicht mehr bewusst ist oder nicht abschätzen kann, was es bedeutet, öffentlich zu sprechen – für diese Geschichte eines anderen gilt es, behutsam Verantwortung zu übernehmen. Es gilt zu entscheiden, was davon dokumentiert und verbreitet werden darf und was davon aber eher verwahrt und einbehalten werden *muss*. Dafür gibt es keine Regeln, keine Anleitung, keine Methode. Aber es braucht *Takt*, Herzenstakt, um zu entscheiden, was beschwiegen und bewahrt werden sollte.

Würde mich jemand fragen, was an meinem Erzählen und Schreiben über das Leid anderer entscheidend war, dann wäre die Antwort gewiss *nicht* ein Hinweis auf etwas, *was* ich geschrieben, sondern immer nur, was ich *nicht* beschrieben habe, was *verschwiegen* blieb.

*

Auf den ersten Blick *beschränkt* der ethische Charakter der Begegnung, die dokumentarischen Texten vorausgeht, *jene* Form der kreativen Unschärfe, in der literarische Eleganz und poetische Kraft liegen könnten. Das Schreiben über reale Erfahrungen (realer) anderer entzieht dem Schreiben zunächst einmal jenes Moment des Artistischen, des Magischen, des Ausufernden, Überbordenden, das die Literatur, die sich am eigenen Leben oder der Phantasie bedienen kann, auszeichnet.

Weil es nicht meine Erfahrungen sind, die beschrieben werden, weil das Material nicht fiktiv, sondern eben aus der sogenannten Wirklichkeit »entnommen« ist, weil das Genre des Faktualen, des Dokumentarischen mit dem Versprechen des Realen, nicht Erfundenen einhergeht, müssen die Beschreibungen *präzis* sein, und damit meine ich nicht zuletzt: Sie müssen genau sein, zart sein, sie müssen *stimmen*.

Das mag selbstverständlich erscheinen, aber in der Praxis ist das eine ungeheure Last. Schon bei eigenen Beobachtungen und Eindrücken gibt es diese permanente Unsicherheit, die jeden Satz wieder und wieder prüft, ob er das triftig beschreibt, was beschrieben werden will. Aber bei Szenen, in denen *andere* vorkommen, bei Erfahrungen, die *andere* einem anvertraut haben, die durch das eigene Schreiben in die Öffentlichkeit gelangen, ist die Hürde noch einmal höher.

Was, wenn diese Erzählungen einer anderen Person sich im Kontext eines repressiven Regimes abspielen, in einer geschlossenen Gesellschaft, in der jede Abweichung von der Norm, jede Kritik aus der Perspektive von Marginalisierten, von Subalternen, denen, für die es sich angeblich nicht gehört, zu sprechen, *sanktioniert* wird?

Vielleicht lebt die Person auch nur in einer Gesellschaft, die sich nicht gern erinnert, die über die Brüche der Vergangenheit hinweggehen möchte, weil sie das Schweigen für ein stabileres Fundament hält als das kritische Erinnern und die juristischen oder politischen Formen der Auseinandersetzung mit Verbrechen. Es braucht ein stetes Abwägen: Was riskiert mein Gegenüber, das mit mir spricht? Wie sehr gefährdet eine Veröffentlichung möglicherweise meine Gesprächspartner:innen? Sind sie sich jederzeit dessen bewusst? Was richtet womöglich eine ungenaue Formulierung von mir an? Welche Begriffe verschärfen vielleicht die prekäre Lage der Menschen, die sich mir anvertrauen?

Wer damit nur halbwegs verantwortungsbewusst umgehen will, fragt sich bei jedem geschriebenen Wort, jedem Satz: *Stimmt* das wirklich?

Gewiss lässt sich *jeder* Satz *jedes* Genres so befragen. Und alle, die *ernsthaft* denken und schreiben, klopfen auch bei Romanen oder Gedichten jeden Begriff, jede Metapher, jede Formulierung daraufhin ab, ob sie stimmig, im Sinne von wahr, wahrhaftig, exakt, ist, ob mit ihr ein Gefühl, ein Gedanke, eine Wahrnehmung, ein Ding, eine Eigenschaft, ein Geruch auf eine spezifische Weise korrespondiert. Aber diese Korrespondenz spielt sich im fiktionalen, selbst geschaffenen Raum ab.

Gewiss befrage auch ich bei philosophischen oder theoretischen Essays jeden Satz auf seine *Gültigkeit*. Aber das ist eine andere Kategorie der Gültigkeit: Jede

Überlegung, jede Wendung, jeder Satz wird auf Triftigkeit geprüft, ob das einzelne Argument widerspruchsfrei und überzeugend genug ist, ob ein Gedanke aus dem vorangegangenen folgt, ob er auf mögliche Einwände gute Erwiderungen findet, ob er ausreichend Zweifel an der eigenen Position mit sichtbar macht.

Das gelingt oder misslingt. Aber im Falle des Versagens beschädige ich vornehmlich mich selbst. Es war schlicht ein gutes oder schlechtes Argument, lückenhaft oder mit falschen Voraussetzungen operierend. Das ist maximal ärgerlich und peinlich, aber eher harmlos, weil es nur meine eigene gedankliche Nachlässigkeit entlarvt.

Aber bei den Erzählungen der Gewalt, die mir anvertraut werden, damit ich sie aufschreibe, ist es anders. Die, die mir ihre Geschichten anvertrauen, wollen sie nicht poetisch *verwandelt* sehen, sie wollen sie festgehalten, dem Vergessen und der Verleugnung entwendet wissen. Ich muss sie genau verstehen und behutsam wiedergeben. Das ist schwerer, als es klingt. Das hat auch damit zu tun, was Gewalt anrichtet in denen, die ihr unterworfen wurden. Das hat damit zu tun, wie sich Gewalt einschreibt in die Sprache. Es kann gerade die widersprüchlich klingende, lückenhafte Geschichte sein, die das Trauma einer lange andauernden brutalen Misshandlung oder die Verstörung nach einer Vergewaltigung zutreffend anzeigt.

Vielleicht verstehe ich nicht, was wahr ist, was stimmt, was rational ist, weil es nicht wahr *wirkt*, weil es nicht stimmig oder rational *klingt*. Das wäre fatal. Wenn es mir misslingt, die Erfahrung einer anderen angemessen, stimmig, überzeugend zu beschreiben, erweise ich mich nicht nur unwürdig des in mich gesetzten Vertrauens, sondern womöglich pathologisiere oder entblöße ich die Person – und wiederhole, im schlimmsten Fall, die Erfahrung der Missachtung.

Das Erzählen dieser Erfahrungen kommt trotzdem nicht ohne literarische Bezüge aus. Für mich ist der Korpus meiner Lektüren biblischer Geschichten, sind die Romane von Franz Kafka und Leo Tolstoi, William Faulkner und Toni Morrison, Péter Nádas und Aleksandar Tišma, die Gedichte von Paul Celan und Nelly Sachs unverzichtbare Ressource für mein Verstehen von Erfahrungen der Gewalt. Die literarischen Bezüge und Referenzen bieten mir einen ganzen Assoziationsraum an, durch den ich anders hören und verstehen kann, was mir da gerade erzählt wird. Wie sich Gewalt intergenerationell vererbt, wie sich Gewalt in die Sprache einprägt, wie die Lücken traumatische Erfahrungen enthalten, für wen und warum geschwiegen wird, all das habe ich schon aus Romanen und Gedichten gelernt. Lange bevor ich Gerichtsakten studiert habe, lange bevor ich mich in historische Quellen von Prozessen über Kriegsverbrechen vertieft habe.

Viel wird über die Techniken der Recherche gelehrt. Aber ohne eine tiefe und breite Lektüre von literarischen Texten sind das Verständnis und dann auch das eigene Schreiben über Erfahrungen der Gewalt verkümmert.

*

Nun möchte ich mich den hermeneutischen Problemen des Erzählens im Angesicht extremer Entrechtung und Gewalt zuwenden. Ich nenne das vorläufig *Schwellen oder Widerstände des Erzählens* und möchte versuchen, sie ein wenig zu systematisieren.

Es gibt in Kontexten von Krieg und Gewalt ein *qualitatives* Maß an moralischer *Anomalie,* an Geschehnissen, die jeder ethischen Erwartung widersprechen, die so allen Vorstellungen dessen, was Menschen einander antun können, entgegenstehen, dass man sie nicht *glauben* möchte oder nicht verstehen kann. Alle Hinweise auf das Schreckliche werden mehr unbewusst als bewusst ignoriert, weil sie dem widersprechen, was rational oder vernünftigerweise vorstellbar ist. Es gibt ein Ausmaß an Brutalität, das ins fiktionale Genre des Horrorfilms sortiert gehört, aber nicht in die gemeinsam geteilte Wirklichkeit.

In »Das sinnlose Leiden« beschreibt der französische Philosoph Emmanuel Lévinas den »Gehalt« des Leidens als etwas »Außerbewusstes«. »Das ist die als ›erfahrener‹ Gehalt auftretende Art und Weise, auf die das Unerträgliche in einem Bewusstsein sich eben gerade nicht erträgt, die Art und Weise des Sich-nicht-Ertragens, die paradoxerweise selbst eine Sinneswahrnehmung oder eine Gegebenheit ist.« Es widerfährt häufiger, dass das Unerträgliche als bewusster Gehalt ausgeblendet wird.[11]

Es gibt einen kognitiven Widerstand, die Ordnung des Terrors zu verstehen, es ist unbegreiflich, dass solches Leid, solches Unrecht wahr sein könnte. In vielen Texten der Überlebenden der Shoah taucht dieses Motiv auch wieder und wieder auf. Primo Levi beschreibt in »Ist das ein Mensch?« diesen Schock als den scheiternden Versuch, etwas verstehen zu wollen, was allem widerspricht, was einem vertraut ist, was sein sollte. »Hier gibt es kein Warum«, lautet die brutale Wahrheit, die ein Wärter ausspricht und an der die rationale wie ethische Erwartung abprallt.[12]

Es ist mir mehrfach passiert, dass mir in Gegenden der Gewalt etwas erzählt wurde, was so jenseits aller ethischen Erwartung lag, in seiner Grausamkeit so jenseits alles Vorstellbaren, dass ich es nicht glauben *konnte*. Das musste, so wollte ich denken, übertrieben sein, das musste, so wollte ich glauben, ausgedacht sein, das musste, so hoffte ich, eine dramatisierte Überhöhung des Erlebten sein.[13]

Gern wird im öffentlichen Diskurs suggeriert, die größte Fehleranfälligkeit der Berichterstattung aus Krisenregionen bestünde darin, unglaubwürdigen Quellen zu vertrauen, aberwitzige, furchterregende Lügen zu glauben, einer gefälschten, manipulativen Propaganda aufzusitzen. Das ist richtig. Das ist eine Gefahr. Und ich bin sicher, dass mir das auch schon widerfahren ist in all den Jahren, in denen ich aus Gegenden der Gewalt geschrieben habe. Dass mir jemand etwas erzählt hat, dem oder der ich geglaubt habe. Dass ich etwas beschrieben habe, was nicht oder nicht genau so geschehen ist. Bei aller Recherche, allem Bemühen, das Gehörte auch abzugleichen mit anderen Erzählungen, anderen Indizien und Spuren, gelingt es nicht immer, alles letztgültig zu verifizieren. Es bleibt oft ein unprüfbarer Rest: eine Erfahrung, für die es keine unabhängigen Zeug:innen gibt, ein Geschehen, das lange zurückliegt, für das Spuren verwischt und Beweise vernichtet wurden. Ich würde hoffen, dass ich das im Text kenntlich genug mache, was ich nur als Aussage einer Person erfahren habe, was mir jemand erzählt hat, was sich nicht weiter untermauern lässt. Ich würde hoffen, dass ich im Text zeige, was sich wissen und was sich nur ahnen oder als Erzähltes wiedergeben lässt. Aber ich vermute, dass mir Irrtümer unterlaufen sind, von denen ich nur noch nichts weiß. Wer wäre ich, wenn ich behauptete, mir seien nie Fehleinschätzungen unterlaufen. Wer wäre ich, wenn ich behauptete, mich nie getäuscht zu haben, mich stets akkurat zu erinnern. Nein, ich muss davon ausgehen, dass ich Erzählungen für wahr genommen habe, die nicht wahr waren. Das ist bitter und belastend, aber realistisch.

Aber der fast beunruhigendere Fall ist der umgekehrte: dass ich jemandem nicht glaube, der aber die Wahrheit erzählt, dass ich eine Erzählung als unglaubwürdig disqualifiziere, die aber zutrifft. Schlicht: weil ich mir das Grauen der Gewalt nicht ausmalen will oder kann. In meiner ungläubigen Abwehr wiederholt sich für das erzählende Opfer von Gewalt nur die Erfahrung der Negation: Erneut wird die Person als Individuum geleugnet, als jemand, der:die angehört wird, der:die zählt. Das muss ich immer bedenken, das muss ich mir selbst gegenüber als Misstrauen einbauen, dass ich etwas abwehre, dass ich etwas nicht zulasse, dass ich etwas nicht verstehen kann oder will, weil die Grausamkeit selbst das Verstehen aushebelt.

*

Zu den inneren Widerständen des Erzählens im Kontext von Gewalt und Naturkatastrophen gehört auch ein *quantitatives* Maß an visueller Anomalie, das sich nicht verstehen lässt: Landschaften, die vollkommen zerfranst aussehen, entstellt durch ein Erdbeben oder Granatbeschuss, in denen nichts mehr Orientierung gibt, in denen Olivenhaine verkohlt, Wände zerborsten, Straßen zerrissen, Häuser planiert sind, in denen Kloake und Exkremente, Leichenberge und Körperteile im Sicht- und Geruchsfeld liegen. Die zerrissenen oder auch überfluteten Gegenden überfordern das innere Bildarchiv. Sie verbinden sich mit nichts, das schon einmal gesehen wurde. Alles ist verschoben, alle Formen, alle Konturen sind verändert. Das rein quantitative Maß an sinnlicher Anomalie lässt sich nicht *verstehen*. Es ist zu viel, zu unordentlich, zu konfus. Es fehlen jene Strukturen, an denen wir uns sonst orientieren, es sind Bild-Zumutungen, die an nichts anschließen, weil es solche Bilder bislang nicht gab, weil das, was gespeichert ist, anders aussieht, intakt.

Wer einmal eine solche durch Krieg oder durch ein Erdbeben, durch Beschuss oder durch Brände versehrte Landschaft gesehen hat, vergisst es nie wieder. Wer Port-au-Prince nach dem Erdbeben im Januar 2010 gesehen hat, wer durch die Ruinen gelaufen ist, wer die aufgetürmten Trümmer von Gebäuden, die ineinander verkeilten und aufeinandergestapelten Dächer, Wände, Mauern gesehen hat, Straße über Straße über Straße, der erinnert auch, wie unwirklich sich das alles ausnahm. Es war in seiner Dimension kaum zu fassen. Vielleicht wäre ein Flug über die Verwüstung hilfreich gewesen, um die Katastrophe zu verstehen. Vom Boden aus, zu Fuß oder mit dem Wagen, war es zunächst nur verstörend.

Warum das so entscheidend ist?

Wer schreiben will über die Arbeit der Hilfsorganisationen nach einem Erdbeben, muss zuvor das Ausmaß der Katastrophe halbwegs adäquat einschätzen können. Ob die Hilfsorganisationen inkompetent sind oder die Zerstörungen schlicht unermesslich, das lässt sich sonst nicht fair beurteilen.

*

Es gibt zudem eine *ideologische* Schwelle, einen vielleicht kulturell oder sozial gefärbten Filter, der einen bestimmte Phänomene nicht erkennen lässt. Weil die Disposition, sie wahrzunehmen, nicht bereit ist für diese Wahrnehmung. Es kann Ahnungslosigkeit sein oder Ressentiment, das ausblendet oder fehldeutet, was vor einem zu sehen oder zu erkennen wäre. Es sind politische oder soziale Vorannahmen, die die eigene Urteilskraft einschränken. Es können Stereotype sein, die das Bild einer bestimmten Gruppe so festgelegt haben, dass die realen, lebendigen, abweichenden Angehörigen der Gruppe und ihre Handlungen nicht gesehen werden.

Lange wurde beispielsweise unterstellt, rechtsradikale und rechtsextreme Szenen setzten sich vor allem aus schlichten Gemütern, aus trunksüchtigen, glatzköpfigen Typen zusammen. Die Wahrnehmung von rechten Kontexten war oft von herablassendem sozialen Dünkel geprägt, der die komplexe Wirklichkeit einer ausdifferenzierten rechtsradikalen Szene ausblendete. Dass es nicht nur im linksradikalen, sondern eben auch im rechtsradikalen Feld intellektuelle Figuren gibt, die die ideologische und strategische Richtung vorgeben, wurde lange Zeit verkannt. Auch die Fähigkeit zu strategischer Vernetzung, zu koordiniertem, kriminellem Agieren im Untergrund, zum Aufbau terroristischer Zellen und Durchführen von Attentaten und Anschlägen wurde allein linken Bewegungen zugetraut. Es gab dieses ressentimentgesättigte Vorurteil, die rechtsextremistische Szene könnte »so etwas wie die RAF« nicht hervorbringen, das erst zerbrach, als der NSU sich selbst enttarnt hatte. Erst dann wurden die rassistischen Morde als das begriffen, was sie waren: rassistische Morde von einem rechtsterroristischen Netzwerk mit einer weitläufigen Unterstützerszene.

Wir haben alle solche Voranahmen, die wir befragen und korrigieren müssen. Woher stammen unsere Intuitionen, was wahrscheinlich und was unwahrscheinlich ist? Wem trauen wir etwas zu und warum? Werten wir die Indizien in einem Fall als belastbar und in einem anderen Fall als unzureichend? Wie prägen rassistische oder antisemitische oder genderspezifische Zuschreibungen, was wir für einleuchtend oder widersinnig halten? Wie riskant ist es, auch mit statistischen Wahrscheinlichkeiten zu kalkulieren: Wenn ich geübt darin bin, Mädchen und Frauen als potentielle Opfer sexualisierter Gewalt zu denken, übersehe ich dann womöglich, dass der verschüchterte Junge, der in einem Kriegsgebiet gerade vor mir sitzt, Opfer von Versklavung und Ausbeutung ist?

*

Diese drei Schwellen oder Widerstände des Erzählens haben ausschließlich mit mir als *Beobachterin*, als Zeugin, als Analytikerin zu tun. Sie haben etwas mit meinem moralischen oder epistemischen *Verstehen* zu tun. Sie stellen sich als Widerstände oder als Probleme dar, die es zu reflektieren und möglichst zu durchdringen gilt. Sie gehen der Frage danach, was und wie sich erzählen lässt, *voraus*.

Das Erzählen selbst, das Schreiben, muss diese Möglichkeiten des Missverstehens, diese Bedingungen des Ausblendens oder Nichtverstehens aber bedenken.

Wie gehe ich mit diesen ethisch und epistemisch anspruchsvollen Fragen um? Was verlangt das sprachlich oder literarisch? Und hier nun wird der anfangs betonte Einspruch gegen das Poetische wieder eingeholt. Gewiss bleibt das Erzählen eines, das sich der Realität verpflichtet weiß, das nach dem sucht, was wahr ist. Aber es kommt nicht umhin, dafür literarische Ansprüche zu stellen. Es braucht ästhetische Kriterien, es braucht ästhetische Entscheidungen, wie sich diese hermeneutischen Herausforderungen auch im und durch den Text artikulieren und zeigen lassen.

Das ist für mich als Autorin einer der Gründe für die Einführung des »Ich« in viele meiner Texte. Mit dem Offenlegen der eigenen Subjektivität, der eigenen Stimme kann auch die Anfälligkeit für Fehler, fürs Nichtverstehen-Wollen/-Können thematisiert werden. Nur wenn auch die eigene analytische Verletzbarkeit, also die eigene Beschränkung und Verstörung, transparent ist, kann reflektiert werden, dass es diese Lücken, toten Winkel, Ausblendungen gibt.

Um die Glaubwürdigkeit der anderen zu erhöhen, muss die eigene Glaubwürdigkeit infrage gestellt werden.

Aber das »Ich« kann auch die poetische Antwort auf einen öffentlichen Diskurs sein, in dem nur in Kollektiven gedacht und gesprochen wird, in dem Individualität diskreditiert ist, als mutmaßlich privatistisch, als mutmaßlich unpolitisch, als mutmaßlich illoyal zu einer kollektiven Identität, die nur in Kassibern, in ideologischen Versatzstücken, in vorgefertigten rhetorischen Figuren zu schreiben gestatten will. Das war einer der Gründe, warum ich in dem Buch »Stumme Gewalt – Nachdenken über die RAF« das Genre des subjektiven Essays gesucht habe. Weil es sich dem Zugriff des Kollektiven entziehen wollte und musste. Weil das erzählende Ich hier auch eine Form der Verteidigung der Wertigkeit jedes einzelnen Menschen darstellte, der menschlichen Würde jeder Person. Und weil das erzählende Ich auch die Fähigkeit des abweichenden Denkens und Sprechens, jenseits des essentialistisch Verklumpten, jenseits der politisch-dogmatisch eingeengten Zonen unter Beweis stellen wollte.

Zu den ästhetischen Strategien des Erzählens im Angesicht von Gewalt gehört das absichtliche, dissidente Brechen des Totalitären. Für mich ist das eine der erzählerischen Lehren aus der Lektüre der Romane von Péter Nádas: Präzision, die Makroaufnahmen und -beschreibungen von Details, das langsame, verschachtelte, suchende Erzählen, in dem sich zeitliche Ebenen abwechseln, das alles ist für mich ästhetischer Widerstand gegen das Totalitäre, Grobe, Ungenaue der Gewalt. Auch das faktuale Erzählen braucht und verfügt über literarische Instrumente, das, was wahr ist, zu versprachlichen, in eine Form zu bringen, die Ereignisse und Erfahrungen anderer beschreibt.

*

Aber es gibt noch zwei weitere Schwellen oder Widerstände des Erzählens, die im weitesten Sinne mit der Kategorie der Zumutbarkeit zu tun haben.

Es gibt auch *Filter der Konvention oder der falschen Seriosität*, die bestimmte Erlebnisse oder Eindrücke als nicht schicklich, als unpassend, als nicht erläuterbar deklarieren, und zwar weil sie im Kontext von Tod und Zerstörung als zu witzig, zu fröhlich, zu absurd gelten. Es macht sich eine eigentümliche Befangenheit breit, die sich nicht traut, das Komische auch im Radius des Elends zu beschreiben. Als ob das eine das andere ungültig machen würde. Als ob es schamlos wäre oder geschmacklos, etwas Heiteres neben etwas Schmerzlichem zu entdecken.

Es ist das Unbehagen an Ambivalenz, das die wahren, komplexen, widersprüchlichen, verwirrenden Wirklichkeiten einhegen und begradigen will. Es ist diese Schwelle aus Konvention, die verschlichten und vereinheitlichen und als zynisch markieren will, was eigentlich erzählt werden sollte: dass es in allen Krisengebieten, inmitten von Leid und Verzweiflung immer auch Momente gibt, in denen Menschen versuchen, sich einen Rest an Normalität zu bewahren, in denen sie sich auch ihre Würde erhalten wollen, in denen sie zusammenkommen, um zu lachen oder zu lieben. Auch im Krieg wird gespielt, wird gehandelt, auch im Krieg gibt es intime, alberne, beglückende Momente. Sie sind nicht zynisch, sie verleugnen nicht die Brutalität und den Schmerz, der die Gegenden prägt.

Wir kennen das von jeder Trauerfeier, wie ausgelassen und fröhlich es sich sein lässt – ohne dem Kummer und der Trauer um die geliebte Person etwas zu nehmen. Trotzdem würde anschließend kaum jemand davon erzählen, wie witzig es auf einer Beerdigung war.

Und so hat sich mir immer auch die Frage gestellt, im Kosovo, im Irak, in Kolumbien, egal wo, wie ich mit diesen ambivalenten, widersprüchlichen Erfahrungen, die ich mache, schreibend umgehen soll. Wie kann ich das erzählen, was eben *auch* wahr ist, ohne deswegen beim lesenden Publikum in Europa den falschen Eindruck zu erzeugen: »Och, so schlimm ist es ja dort alles nicht, wenn die auch lachen und feiern«? Die Neigung, zu vereindeutigen, die verkürzten Vorstellungen davon, wie gefälligst ein Kriegsgebiet auszusehen habe, sind bedrückend.

Es gilt, dagegen eine erzählende Form zu finden, die Ungleichzeitigkeiten in diesen Gegenden respektvoll und wahrhaftig zu beschreiben. Ohne Zynismus. Ohne Verschlichtung. Behutsam, sodass es für hiesige Leser:innen nachvollziehbar ist, dass die Wirklichkeit vor Ort all diese wahnwitzigen Menschlichkeiten enthalten kann. Denn das ist eben auch wahr, dass da neben und unterhalb und oberhalb des Leids oder der Angst, *gleichzeitig*, diese Fröhlichkeit *existiert*. Und sie relativieren sich nicht gegenseitig.

Um solche Gegenden der Gewalt in all ihrer Widersprüchlichkeit zu beschreiben, braucht es Zeit. Zeit, sie überhaupt zu verstehen, aber auch Zeit, sie zu beschreiben. Und das heißt: Die Erzählungen brauchen Raum. Sie müssen sich Zeit lassen für diese Ambivalenzen.

Und schließlich gibt es noch die *Schwelle der Konvention des Sauberen, Anständigen*, den Filter des *sozialen* oder ästhetischen Tabus, der verhindert, allzu brutale oder zu grausame Details zu beschreiben. Vielleicht ist es diese letzte Schwelle, die mir selbst am wenigsten hinderlich erscheint, ja, gegen die ich mich vielleicht am leichtesten zur Wehr setze, weil ich sie für eine Verschiebung eines Bild-Tabus auf ein Text-Tabu halte. Der *Vorwurf des Obszönen*, des Pornographischen, der mit bildlichen Darstellungen von Gewalt verbunden wird, wird allzu leicht *auf Texte übertragen.*

Im Kontext von bildlichen Darstellungen ist das eine nötige Kritik, die ich unbedingt teile: Was da mitunter ausgestellt wird an gequälten Menschen, an verwundeten, zerfetzten Körpern, an Menschen, die noch mit dem Leben oder dem Tod ringen, ist pietätlos. Was da mitunter feilgeboten wird an verbranntem Fleisch, an zerstückelten Leichen, was ohne Kontext, ohne Erläuterung, ohne Not präsentiert wird, ist von ungeheuerlicher Taktlosigkeit. Das ist blankes, rücksichtsloses Schockieren, ohne Kriterien, ohne Begründung, wann etwas vielleicht veröffentlicht und wann darauf verzichtet werden sollte. Als wäre jede optisch zeigbare Grausamkeit per se ein autoritatives, legitimes Dokument, das veröffentlicht werden muss. Als gäbe es nicht ethische Fragen, die mit ästhetischen verbunden sind. Ob etwas gezeigt werden sollte, ist verkoppelt mit der Frage, *wie* es gezeigt und textlich kommentiert oder eingeordnet werden kann.

Die Schwelle der Scham oder der Pietät, das sorgsame Abwägen von Gründen für oder gegen das Zeigen ist in der von sozialen Medien dominierten, fragmentierten Öffentlichkeit, mit Telegramkanälen, Instagram, TikTok schon gerissen. Bei jeder trauernden Person, jedem verwundeten, blutenden, verstümmelten Körper, bei jeder ohnmächtigen Geisel, bei allen Menschen in Krankenhäusern, nur halb bei Bewusstsein oder schmerzverkrampft, bräuchte es aber dieses Innehalten und die Frage: Was davon ist zumutbar?

Nun sind Texte nicht Bilder. Manches, was nicht in Bildern ausgestellt werden sollte, manches, was mit guten Gründen nicht gezeigt werden sollte, weil es eine Person entblößt, kann anders, rücksichtsvoller und eben nicht voyeuristisch beschrieben werden. Manches sollte und muss beschrieben werden, weil Menschen sich wünschen, dass nicht vergessen oder geleugnet wird, was ihnen angetan wurde.

Ich habe auch schon erlebt, dass es aus Redaktionen zu einzelnen Textpassagen hieß: »Das ist zu grausam« oder

»Das kann ja niemand aushalten«, verbunden mit dem Wunsch, diese Passagen etwas schonender zu gestalten. Da sitzt man dann an irgendeinem elenden Ort der Welt, vor einem nur Wimmern und Verzweiflung, und am Schreibtisch in Deutschland sitzt jemand und möchte es doch, bitte, nicht allzu brutal haben. Nun ja, von Tod und Zerstörung lässt sich nicht unbedingt leicht bekömmlich erzählen.

Mich treibt weniger die Frage um, ob es Leser:innen Lust bereiten könnte, was ich beschreibe, oder ob sie es als Zumutung empfinden, wichtiger scheint mir, ob es für die *Betroffenen*, von denen da die Rede ist, *zumutbar* ist, ob sie zustimmen könnten, wie über das, was ihnen angetan wurde, geschrieben wird. Wie viele Details sie preisgeben wollten und welche Details sie nurmehr erneut entblößen oder verdinglichen würden. Können sie dem zustimmen, was als wahr über sie erzählt wird?

Dabei treten bemerkenswerte kulturelle und auch individuelle Unterschiede auf: In manchen Gegenden möchten Opfer von Gewalt oder ihre Angehörigen und Familien die eigenen Verletzungen auf gar keinen Fall ausgestellt oder beschrieben wissen. Sie sind von Scham erfüllt oder von Angst. Vielleicht möchten sie etwas erzählen, aber es nicht veröffentlicht oder bebildert sehen. In anderen Kontexten möchten Betroffene und ihre Angehörigen unbedingt dokumentiert sehen, was ihnen angetan wurde. Es ist erstaunlich, wie das, was ich als höfliche, respektvolle und diskrete Zurückhaltung verstand, gar nicht erwünscht war. Wie mich Mütter in die Leichenhallen zogen zu den toten Körpern ihrer Töchter und Söhne, wie mich Brüder und Cousins an die Krankenbetten ihrer verletzten Angehörigen baten, wie mir amputierte Beine oder Brandwunden gezeigt wurden, wie ihnen meine Nähe keineswegs unangenehm, sondern unbedingt erbeten und anteilnehmend war.

Es verlangt permanentes Übersetzen eigener und fremder kultureller Codes, um zu verstehen, dass das, was mir womöglich rücksichtsvoll erscheint, in manchen Kontexten nurmehr gleichgültig, dass das, was mir als indiskret und übergriffig erscheint, in manchen Kontexten als einfühlend und wertschätzend empfunden wird. Und umgekehrt. Für mich sind diese wechselnden Normen und Codes unverzichtbar, um zu entscheiden, was erzählt gehört und was aus Pietät und Respekt vor denen, von denen da erzählt wird, weggelassen werden soll.

Aber das bedeutet auch, dass Szenen und Erfahrungen beschrieben werden, die für hiesige Betrachter:innen eine Zumutung bedeuten können. Und ja, als Autorin sind mir diese Zumutungen wichtig und unverzichtbar. Was wahr ist, ist nicht nur angenehm, was wahr ist, ist abstoßend, verstörend, belastend.

Wer wären wir, wenn wir es nicht erzählten?

*

Politische Rechtfertigungen der Exklusion und der Erniedrigung, diskursive und nichtdiskursive Techniken der Negation und der Stigmatisierung gehen der Gewalt voraus.[14] Dispositive »aus Gesagtem und Ungesagtem« (Michel Foucault), Gesten und Gesetze, administrative Vorgaben und architektonische Setzungen präparieren die Neigung zur Täterschaft (und konstruieren die Wertlosigkeit des Lebens der zukünftigen Opfer). Sie sortieren

Macht und Ohnmacht langfristig im Voraus und schaffen so die psychisch-ideologischen Bedingungen für die Befähigung zum Quälen, Erniedrigen und Töten anderer.

Dispositive verkoppeln einzelne Individuen mit Kollektiven, sodass die markierten Personen als einzelne Subjekte verschwinden, als Nächstes organisieren sie negative Zuschreibungen, sodass sie ihrer Humanität beraubt werden.

Sie werden als

»fremd«, »anders«, »faul«, »animalisch«, »moralisch korrupt«, »undurchschaubar«, »illoyal«, »promisk«, »unehrlich«, »aggressiv«, »krank«, »pervers«, »hypersexualisiert«, »frigid«, »ungläubig«, »gottlos«, »ehrlos«, »sündig«, »ansteckend«, »degeneriert«, »asozial«, »unpatriotisch«, »unmännlich«, »unweiblich«, »staatszersetzend«, »terrorverdächtig«, »kriminell«, »zickig«, »dreckig«, »schlampig«, »schwach«, »willenlos«, »willig«, »verführerisch«, »manipulativ«, »geldgierig«

beschrieben (und das sind jetzt nur Adjektive),

wieder und wieder und wieder und wieder und wieder,

»fremd«, »anders«, »faul«, »animalisch«, »moralisch korrupt«, »undurchschaubar«, »illoyal«, »promisk«, »unehrlich«, »aggressiv«, »krank«, »pervers«, »hypersexualisiert«, »frigid«, »ungläubig«, »gottlos«, »ehrlos«, »sündig«, »ansteckend«, »degeneriert«, »asozial«, »unpatriotisch«, »unmännlich«, »unweiblich«, »staatszersetzend«, »terrorverdächtig«, »kriminell«, »zickig«, »dreckig«, »schlampig«, »schwach«, »willenlos«, »willig«, »verführerisch«, »manipulativ«, »geldgierig«, bis aus der schieren Wiederholung der willkürlichen Zuschreibungen nach und nach eine als-ob-natürlich daherkommende Assoziationskette wird, die sich kaum durchtrennen lässt, weil sie längst unbewusst wirksam ist.

Weiblich-schwach-willenlos, männlich-Muslim-fremd-gewalttätig, weiblich-Muslima-fremd-unterdrückt, jüdisch-gierig-reich-machtvoll-verschworen, trans*-nicht-natürlich-übergriffig-pädophil …

Regime unterscheiden sich darin, ob sie ihre Gewaltexzesse ausstellen oder verheimlichen, ob sie sich exhibitionieren wollen in ihrer Brutalität und die Opfer zusätzlich beschädigen, indem sie Bilder und Videos von deren Demütigung oder Qual verbreiten (wie die mexikanische Narco-Mafia der *Zetas* oder der sogenannte Islamische Staat), oder ob sie im Verborgenen foltern und missbrauchen, ob sie die Spuren der eigenen Verbrechen beseitigen (wie das Assad-Regime oder die argentinische Militärjunta) – so oder so, den malträtierten Opfern wird das eigene Sprechen untersagt, verweigert, sie werden ent-mündigt, es wird für sie gesprochen, über sie gesprochen, es wird eine nurmehr entstellte, verstümmelte Sprache aus ihnen herausgeschlagen oder es werden ihnen falsche Sätze zugeschrieben, diktiert, mit dem Messer am Hals oder dem Gewehrlauf im Genick abverlangt.

Wenn sie überleben, wenn sie dem Zugriff der Gewalt entkommen sind, verschlägt es ihnen oft die Sprache. Nicht, weil sie sich nicht mehr erinnerten, sondern weil ihnen das Weltvertrauen zerbrochen ist, der Glaube, es lohnte sich zu sprechen, wirklich zu sprechen, zu jemand anderem, jemandem, der oder die verschont wurde, einer Fremden, die bestätigen könnte: »*Ja, das, was hier geschehen ist, war unrecht.*«

Und damit komme ich zuletzt zur *Richtung der Wahrheit* oder der Temporalität des Erzählens.

Was wahr ist, ist nicht nur, was geschehen ist, was wahr ist, ist nicht nur, was jemandem angetan wurde, wie ein Mensch entmenschlicht, wie ein Individuum als Individuum geleugnet wurde, wie ein Mensch nicht mehr als Person mit einer eigenen Geschichte, eigenen Eigenschaften, eigenen Bedürfnissen, sondern nur noch als Angehörige:r einer Gruppe, eines amorphen Kollektivs, einer mutmaßlich minderwertigen Identität gesehen und verformt wird.

Was wahr ist, ist auch, wer dieser Mensch einmal *war*, früher, in einem anderen Leben, in einer anderen Zeit, als dieser Mensch nicht einfach nur als Jüdin:Jude, als Muslim:a, als trans* markiert war, nicht einfach nur als Schwarzer Körper, nicht einfach nur als sexualisierter Frauenkörper, nicht einfach nur als Ding, als Gefahr, als Fremdkörper.

Was wahr ist, ist auch, was eben gerade nicht ist, was wahr ist, ist etwas jenseits dessen, was ist, etwas, was die gegenwärtige Erfahrung *transzendiert.*

Jean Améry schrieb in »Jenseits von Schuld und Sühne« über die Zeit in Auschwitz:

»Ich wollte nicht zu ihnen gehören, den gläubigen Kameraden, aber ich hätte mir gewünscht zu sein wie sie, unerschütterlich, ruhig, stark […]. Der im weitesten Sinne gläubige Mensch, sei sein Glaube ein metaphysischer oder ein immanenzgebundener, überschreitet sich selbst. Er ist nicht der Gefangene seiner Individualität, sondern gehört einem geistigen Kontinuum an, das nirgends, auch in Auschwitz nicht, unterbrochen wird.«[15]

Wer an eine Ordnung jenseits der Welt um sich herum glaubt, wer sich an etwas orientieren kann außerhalb der Gegenwart, erhält auch in Situationen extremer Entrechtung und Gewalt etwas aufrecht. Etwas bleibt intakt, etwas verweist auf eine Ordnung, die unversehrt, heil, vertraut bleibt. Es ist eine »coping«-Strategie, diese geistige Dopplung, in der Gegenwart zu sein und dabei auch immer noch an *eine andere Zeit*, eine andere Ordnung zu denken.[16]

Wer über Krieg und Gewalt schreibt, wer von den Erfahrungen von Überlebenden schreiben will, von Menschen, die vertrieben, deportiert, eingesperrt, gedemütigt und gequält wurden, muss diese *Dopplung* mitvollziehen. Es gilt nicht nur, die Person zu beschreiben, die da vor einem steht oder sitzt, nicht nur, die Person zu beschreiben, der alles genommen wurde, nicht nur, die versehrte, verarmte, verdreckte, verschüchterte, traumatisierte Person, sondern auch die, die sie einmal *war*, bevor ihr das angetan wurde.

Auch deswegen sind es Erzählungen von Erzählungen anderer. Auch deswegen bekommen die Stimmen anderer solchen Raum. Damit sie eben nicht nur als Objekte, als Opfer der Gewalt gezeigt werden, sondern als Subjekte, mit eigener Sprache, eigenen Sehnsüchten. Als Menschen, die sich im Erzählen auch zur Wehr setzen gegen jenes Regime, das sie vorher entmündigen wollte, die sich den Zuschreibungen entziehen, die sie vorher entstellen und entwerten wollten.

Und hier wird für mich die Komplexität der eigenen Aufgabe, die Ethik des Erzählens, noch einmal deutlich.

Faktuales Erzählen im Kontext von Krieg und Gewalt ist nie nur das, was ist, sondern immer auch das, was nicht ist. In verschiedenen Hinsichten. Einmal in dem oben beschriebenen Sinne, in dem die Person, die einem begegnet, nicht nur als das Opfer, als geflüchteter, als gebrechlicher, als ängstlicher, als gedemütigter Mensch begriffen wird, sondern auch als das, was und wer dieser Mensch einmal war.

Denn das gehört zum »Faktischen« dazu: Wer von Kriegsverbrechen, wer von Folter, von Vertreibung und Erniedrigung schreibt, muss erzählen, wie sie wirken, wie sie Menschen verwandeln. Es reicht nicht, das, was sich einem in der Gegenwart darbietet, zu beschreiben, sondern man muss aufzeigen, was zuvor jemandem genommen, wie jemand entstellt, wie jemand entmenschlicht wurde. Ohne das lässt sich weder das Verbrechen noch das mögliche Trauma verstehen.

Das bedeutet also beides: einerseits die Zurichtungen zu rekonstruieren, die Art, wie einzelne Menschen zu Kollektiven geformt, wie sie abgewertet und markiert werden, eben als: »fremd«, »anders«, »faul«, »animalisch«, »ungläubig« … – und wie das gewirkt hat.

Und andererseits eben diese Zurichtungen zu dekonstruieren, die Worte von den Personen wieder zu entkoppeln, die Abwertungen aufzubrechen, die Gruppen wieder in ihre Vielfältigkeiten und Verschiedenheiten zu verwandeln, den Individuen ihre Einzigartigkeit zurückzugeben. Das ist die Kunst des Erzählens: nicht nur mit Normen zu argumentieren, nicht nur mit Kritik zu operieren, sondern auch erzählerisch der Wirkung der Gewalt etwas zu nehmen und entgegenzusetzen. Opfer nicht nur als Opfer, nicht nur als Versehrte darzustellen, sondern die Personen erzählerisch zu evozieren, die sie einmal waren.

Das setzt voraus, genau hinzuhören, wie sie erzählen, das setzt voraus, die sprachlichen Spuren zu entdecken, die in ihren Erzählungen auf das verweisen, was sie früher einmal erlebt haben, diese Details, die Spuren von einem anderen Leben, einer anderen Wertigkeit enthalten. Das sind flüchtige Momente im Gespräch, vielleicht holpert da was, vielleicht ergibt etwas keinen Sinn, es sind vielleicht Dinge oder Orte, die erwähnt werden, nebensächlich, beiläufig – auf die gilt es zu achten.

Die hermeneutische Arbeit des Zuhörens ähnelt in manchem der Traumdeutung. Nicht die ganze Erzählung gilt es zu übersetzen, sondern ihre verschiedenen Elemente und Details gehören womöglich in ganz verschiedene Erfahrungsräume oder Zeiten. Es lohnt sich, bei dem, was sich nicht sofort fügt in die Erzählung, behutsam nachzufragen. Vielleicht misslingt das. Vielleicht ist das nicht erwünscht. Aber vielleicht öffnet sich auch etwas in eine andere Zeit, eine andere Welt hinein.

Wer über das nachdenkt, was wahr ist, wer das erzählen will, was wahr ist, muss eben diesen Vorgriff oder Rückgriff auf das, was einmal wahr, was zerstört wurde oder woran auch erinnert werden will, mit bedenken und eine angemessene erzählerische Form dafür finden.

Es gibt eine eindrückliche Passage bei Ruth Klüger in »weiter leben«, in der sie fragt, wie sie an ihren in der

Shoah ermordeten Vater erinnern soll. Sie will an ihn denken, sie will von ihm schreiben, und doch zerfällt die Erinnerung immer in Teile, die sich nicht zusammenbringen lassen. Sie beginnt, von dem Vater vor dem Krieg, dem Vater in Wien, als Arzt, dem Vater als Vater zu erzählen, es sind einzelne, heitere, lichte Erinnerungen an einen geliebten Menschen mit individuellen Eigenschaften, mit einem anerkannten Beruf, einer Familie, einer Nachbarschaft, die sich noch nicht abgewandt und blind gestellt hatte. Und Ruth Klüger erzählt von diesem Vater, um dann abzubrechen und zu schreiben:

»Ich erzähle diese Kleinigkeiten, weil sie alles sind, was ich von ihm habe, und obwohl ich sie beim besten Willen nicht zusammenbringe mit seinem Ende; weil ich mich, ohne in ein falsches Pathos zu geraten, nicht umstellen kann, auf das, was ihm geschehen ist. Aber auch nicht loslösen kann. Für mich war mein Vater der und der. Dass er schließlich nackt im Giftgas krampfhaft nach einem Ausgang suchte, macht alle diese Erinnerungen belanglos bis zur Unkenntlichkeit. Bleibt das Problem, dass ich sie nicht durch andere ersetzen und auch nicht löschen kann. Ich bring's nicht zusammen, da klafft etwas.«[17]

Da klafft etwas.
Da klafft etwas und da *muss* auch etwas klaffen. Das lässt sich nicht beheben, nicht überbrücken, nicht verkleiden. Und gleichzeitig lässt sich die Erinnerung auch nicht loslassen oder ersetzen. Es gibt diese Bilder, die stimmen, die sind intakt, die bleiben und werden nicht zerstört durch das, was danach geschah. Das ist der ethische und der ästhetische Auftrag, diese fragmentierte, zerfranste, sich nicht miteinander verknüpfende Erinnerung zu erhalten, in und mit diesen Sprüngen zu erzählen. Nicht das eine

auszulassen, weil es zu schmerzlich wäre oder zu brutal, nicht das andere wegzulassen, weil es zu harmlos oder belanglos wirkte.

Das Erzählen im Angesicht der Gewalt kann, was vielleicht andere Textformen weniger gut können: diese Brechungen, diese sich zueinander nicht verhaltenden Erfahrungen, diese Aporien adressieren. Das »Klaffende«, von dem Ruth Klüger spricht, verlangt eine eigene poetische Form, eben ein Erzählen, das nicht auf Linearität beharrt, das Lücken zulässt, das sich auch selbst befragt und irritierbar bleibt. Das »Klaffende« literarisch zu erhalten, ist eine Ästhetik des Widerstands gegen Gewalt, der ich mich verpflichtet fühle.

Das, was aus der Rückschau »belanglos« klingen mag, ist nicht belanglos. Nicht nur, weil es die Erinnerungen an die geliebte, ermordete Person sind, sondern weil in diesen Erzählungen zurückgeholt wird, was für ein Mensch das war, bevor er gedemütigt, gequält und vernichtet wurde. Es ist ein Erzählen, das die Zurichtungen zum Opfer, zur namenlosen Nummer konterkariert, das all den entwertenden Begriffen und Bildern andere entgegenhält. Dazu eignet sich das Erzählen besonders gut: weil es wirkungsvolle Gegenbilder erzeugt, aber auch die unverbindbaren Teile als unverbindbare erhält.

Da klafft etwas.
Jenes Erzählen, das um das Klaffende weiß, das es sich selbst zur Aufgabe macht, nach einer Form dafür zu suchen, ist eines, das hadert. Es ist ein Erzählen, das permanent zweifelt, ob die Begriffe taugen, ob die Worte zutreffend sind, ob sie ausreichen, um das, was wahr ist, auch zu beschreiben. Das Erzählen im Angesicht der Ge-

walt ringt immer mit dem Nicht-Genug, mit der Sorge darum, erzählerisch zu versagen, die Tiefe des Grauens nicht ausreichend ausgelotet zu haben, den Toten oder den Verletzten nicht gerecht zu werden. Das hat nichts mit der Struktur der Erzählung zu tun, nichts mit dem Vokabular, sondern mit der Textur der Gewalt, mit der »Dichte« oder »Substanz« dessen, was zu erzählen ist.

Dieses Hadern ist etwas anderes als die Rede vom »Unaussprechlichen«. Wie Jorge Semprun schreibt in »Schreiben oder Leben«: »Man kann also immer alles sagen. Das Unsagbare, mit dem man uns ständig in den Ohren liegt, ist nur ein Alibi. Oder ein Zeichen von Faulheit. Man kann immer alles sagen. Die Sprache enthält alles.«[18]

*

Mein Schreiben über Krieg und Gewalt enthält nie nur eine Vorstellung von dem, was ist. Das Schreiben über Krieg und Gewalt wird getragen von einer Hoffnung, an der es schreibend mitzuwirken sucht: Das Schreiben unterstellt ein *universales Wir*. Es unterstellt epistemisch, dass die Erfahrungen anderer verstehbar sind, dass sie vorstellbar sind, dass sie übersetzbar sind aus einem Kontext in einen anderen, es unterstellt die Möglichkeit der Empathie. Und darin und darüber hinaus unterstellt es normativ, dass wir als Menschen nicht gleichartig, aber gleichwertig sind. Eine Gleichheit, die empirisch in der Gegenwart permanent infrage gestellt wird. Es unterstellt ein humanistisches Wir, das zwar postuliert wird, aber das es erst, schreibend, zu schaffen gilt. In einer Abwandlung einer Formulierung von Georges Didi-Huberman: Es lässt sich für mich erzählen trotz allem.

Der Einwand hier liegt auf der Hand. Diese Unterstellung eines moralischen Wir ist etwas anderes als die Suche nach dem, was empirisch wahr ist. Der normative (oder utopische) Vorgriff auf das, was gelten oder sein sollte, verweist auf etwas jenseits des gegenwärtig Gegebenem.

Anders lässt sich für mich nicht sprechen und schreiben als mit der eingelassenen Erwartung, dass die Erfahrungen anderer überhaupt zählen, dass sie er-zählt werden, weil sie als Menschen zählen, weil sie *ein Antlitz* haben, das ähnlich oder unähnlich, aber human ist.

Das wird jeden Tag, überall auf der Welt, in jeder Nacht, jeder Stunde bestritten. Während ich hier spreche, wird jemand bespuckt, geschlagen, verspottet, gedemütigt, verletzt, weil dieser Mensch einen etwas anderen Körper hat als die Norm, weil dieser Mensch vielleicht nicht den Codes und Konventionen der sozialen, kulturellen, sexuellen, religiösen Norm entspricht, weil dieser Mensch etwas anders glaubt, etwas anders betet, etwas anders aussieht, etwas anders begehrt als die Mehrheit. Das gehört auch zu dem, was wahr ist. Dass das universale Wir bezweifelt und geleugnet wird.

Und deswegen ist für mich die Richtung der Wahrheitssuche immer eine doppelte: nicht nur rückwärts (was hast du gelernt, das empirisch wahr ist, und woher weißt du, dass es wahr ist), sondern immer auch vorwärts, immer auch im utopischen Vorgriff, das zu erschreiben, was normativ wahr ist und was sein sollte: das eine universale, humanistische Wir.

Ich danke Ihnen.

konntet das Osterwoch
etwas entspannen und Emily
Urlaub etwas planen. Wo soll's
hingehen? doch nach in
die Sonne?!

Viel Spaß beim
Lesen Mama

Hallo Matt,

da bin ich gespannt
wann und wie dieses
Päckchen bei Dir ankommt!
Ansonsten vergeht die
Zeit recht schnell und wir
freuen uns sehr, bald nach
Dänemark zu kommen –
endlich Wind und Wasser …
Hier läuft alles wie ge-
plant und ich bin gespannt
ob es nach dem Urlaub
so weiterläuft. Ich hoffe ihr

Vorlesung 2: Klima

»Eine der sonderbarsten Eigenschaften des menschlichen Geistes besteht in der Fähigkeit, vernünftig über Unvernünftiges nachdenken zu können«, so schrieb die Autorin Kathryn Schulz einmal in einem wunderbaren Essay mit dem Titel »Fantastic Beasts and how to rank them« im Magazin »New Yorker«.[19] Wir können uns Dinge vorstellen, von denen wir wissen, dass sie faktisch unwahrscheinlich oder gar unmöglich sind. Nicht nur das, wir können uns auch darüber verständigen, warum wir manches, das unmöglich ist, für rationaler oder wahrscheinlicher halten als anderes.

Um es konkret überprüfbar zu machen, empfiehlt der Text einen grandiosen Test: Die Leser:innen mögen eine Liste von zwanzig Fabelwesen nach ihrer Plausibilität ordnen. Es sind fiktive Monster und übernatürliche Figuren (aus den unterschiedlichsten Genres an Texten) – und dennoch sollen sie danach geordnet werden, welches Viech möglicher erscheinen könnte.

Die Optionen lauteten:

Engel, Dämon, Zombie, Riese, Drache, Gespenst, Harpyie, das Ungeheuer von Loch Ness, Leviathan, Pegasus, Elf, Zentaur, Einhorn, Zahnfee, Phoenix, Werwolf, Vampir, Dschinn, Meerjungfrau, Kobold.

Ich kann nur empfehlen, das einmal auszuprobieren. Gern auch im Familien- oder Freundeskreis. Es kommt am Ende weniger auf die jeweilige Reihung an als auf die Gespräche, die beim Erstellen und Vergleichen entstehen. Es ist bemerkenswert, mit welcher Passion da auf einmal argumentiert wird, warum Pegasus plausibler sei als ein Zentaur, oder warum Elfen unwahrscheinlicher als

Engel. Die Liste meiner Freundin hängt bei uns zu Hause an der Kühlschranktür und bringt mich bis heute zum Lachen. Als wahrscheinlichstes aller unwahrscheinlichen Viecher hat meine Freundin, wem leuchtet es nicht ein?, das *Einhorn* gesetzt.

Aber die Aufgabe hat es in sich.

In Wahrheit geht es bei der Übung, das Unmögliche in den Bereich des Möglichen zu rücken, darum, sich mit *rationalen* Kriterien an etwas zu machen, das einem als *undenkbar* gilt. Es geht darum, etwas, das nicht sein kann, dahingehend zu untersuchen, was daran vielleicht *eher* sein könnte als etwas anderes. Es geht darum, unscharfe Bilder von etwas, was man fürchtet oder was man sich erhofft, schärfer zu zeichnen – und dabei Kriterien für die Bedingungen von Möglichkeiten zu entwickeln.

Denn das geschieht: Wer die fiktiven Monster in eine Ordnung bringen muss, kann nicht einfach antworten, dass keines existiert, sondern das Unmögliche muss befragt und sortiert werden. Es *muss* also über die phantastische Frage nachgedacht werden, was *dafür* spricht, dass es *eher* einen Riesen als einen Kobold geben *könnte* (Kobold hatte meine Freundin übrigens auch ganz weit vorne). Dabei kommen unweigerlich die *Kriterien* zum Vorschein, nach denen wir etwas für glaubwürdig, für möglich, für realistisch halten. Und es geht nicht zuletzt darum, andere davon zu überzeugen, dass denkbar wäre, was sie zuvor für undenkbar hielten.

Mir erscheint das eine paradigmatische Übung zu sein, die der schweren Aufgabe entspricht, der wir uns im Angesicht der Klimakatastrophe stellen müssen. Wir müssen uns verabschieden von festgezurrten, verhärteten Vorstellungen dessen, was möglich oder unmöglich ist, wir müssen es üben, das Denken des Noch-Nicht, wir müssen in phantastischen Möglichkeiten denken und argumentieren lernen, wir müssen versuchen, vertraute, archaische Bilder und idiosynkratische Intuitionen abzulegen und für anderes Raum zu machen, das uns bislang ausgeschlossen schien. Was uns wahrscheinlich scheint, ist mitunter nur das, was für wahrscheinlich zu halten uns eingetrichtert wurde. Was uns unwahrscheinlich erscheint, ist mitunter nur das, was uns beigebracht wurde, für nicht erstrebenswert zu halten. So wurde uns auch das Sehnen, das Hoffen, das Imaginieren abgewöhnt. Die Grenzen des Vorstellbaren sind ideologisch gezogene Grenzen, sie sind aus Konventionen gebaut, aus ökonomischen Interessen, aus Einschüchterung. Jede Übung, das Undenkbare zu imaginieren, hilft, sie für nicht unüberwindbar zu halten.

Vielleicht also lohnt es sich doch, das Einhorn für möglich zu halten.

*

Faktuales Erzählen, so habe ich versucht zu zeigen, begibt sich auf die Suche nach dem, was wahr ist. »Was hast du gelernt, was wahr ist?«, die Frage der Figur von Toni Morrison als Leitmotiv der ersten Vorlesung gilt auch im Angesicht der Klimakrise. Auch hier muss, was wahr ist, auf seine Temporalität hin untersucht werden. Die Suche nach der Wahrheit im Kontext der existentiellen Bedrohung der Klimakrise kann und muss *in verschiedene zeitliche Richtungen* gedacht werden, nach rückwärts oder nach vorwärts. In Richtung dessen, was wahr ist, als das, was geschehen ist, und eben auch in Richtung dessen, was wahr sein wird, was sehr wahrscheinlich geschehen wird, wenn wir so weitermachen wie bisher.

Und das Erzählen unterliegt selbst noch einmal einer eigenen zeitlichen Dimension: der ungeheuren Dringlichkeit, mit der nicht nur erzählt, sondern vor allem gehandelt werden muss.

Was wahr ist, im Angesicht von Krieg und Gewalt, bedeutet immer auch, darüber zu reflektieren, *wie* geschehen konnte, was geschehen ist, und das heißt, Gewalt eben *nicht* als naturwüchsige, *nicht* als gegebene, *nicht* als unverhinderbare zu verstehen, sondern immer zu suchen nach jenen Momenten, in denen auch *etwas anderes* hätte geschehen können, in denen jemand hätte »Nein« sagen können. Es bedeutet, Gewalt immer als etwas *Gewordenes* zu beschreiben, etwas, das sich aus vielen einzelnen Schritten und Entscheidungen zusammensetzt, Entscheidungen, die auch *anders* hätten gefällt werden *können*. Es bedeutet immer auch, zu erzählen, was möglich gewesen wäre, es bedeutet immer auch, zu erzählen, welche Handlungsoptionen, welche Freiheitsräume es gab, *gegen* die sich jemand entschieden hat.

Was wahr ist, im Kontext von Krieg und Gewalt, bedeutet immer auch, zu erzählen, wer jemand war, *bevor* Erniedrigung und Missachtung, *bevor* Haft und Folter, *bevor* Flucht und Vertreibung diese Person zugerichtet und verwandelt haben. Und, das war der Fluchtpunkt der ersten Vorlesung, Erzählen im Kontext von Krieg und Gewalt muss immer auch das erzählen, was *noch nicht* ist. Die Suche nach dem Wahren kann und darf sich nicht nur auf das beziehen, was geschehen ist, nicht nur auf das, was uns die Gegenwart als Fratze des Unmenschlichen enthüllt, sondern immer auch auf das, was *jenseits* davon ist und *intakt* bleibt, die unantastbare *menschliche Würde*.

Das Erzählen dessen, was wahr ist, enthält immer ein normatives Moment, einen Vor- oder Rückgriff auf jene Humanität, die immer schon gilt, auch wenn sie jeden Tag bestritten und geleugnet wird. Sie zu begründen und zu verwirklichen, ist oberste Aufgabe meines Schreibens. In diesem Anspruch, mit und in dem Schreiben auf das universale Wir hinzuwirken, liegt die utopische Hoffnung.

Es gibt eine Vielzahl struktureller Ähnlichkeiten beim Nachdenken über das, was wahr ist im Kontext der Klimakrise – und einige Abweichungen. Auch hier interessieren mich die Richtungen der Wahrheit besonders oder das Verhältnis von Wahrheit und Utopie. Aber auch, gegen welche Widerstände, gegen welche Abwehrmechanismen und gegen welches Ressentiment erzählt werden muss. Erzählen trotz allem.

*

Rückwärts

Wer über die Klimakatastrophe nachdenkt, wer beschreiben will, was wahr ist, kann zunächst das beschreiben, was bereits geschehen ist, also *rückwärts* blicken, was jeden Tag geschieht, überall auf der Welt. Das sind keine fiktiven Monster, keine eingebildeten Ungeheuer. Das sind reale, brutale, multifokale Verwüstungen: Dürren, Brände, Überflutungen, es sind ganze Re-Konfigurierungen von geographischen Formationen, von Lebensbedingungen für Pflanzen- und Tierarten, nicht nur in einzelnen Regionen, nicht nur im sogenannten globalen Süden oder im sogenannten globalen Norden, nicht irgendwann in einem unbestimmten Später, sondern überall und jetzt. Die Klimakrise kennt kein Außen. Wir sind alle in sie eingelassen und mit ihr verwoben. Uns *allen* geht es an den Kragen – wenn auch in ungleichem Maße.

Neulich habe ich versucht zu rekonstruieren, wann ich das erste Mal eine versehrte Landschaft gesehen habe. Eine Gegend, in der sich eine Naturkatastrophe ereignet hatte, eine Landschaft, in die sich die Spuren der menschlichen Eingriffe oder des Klimawandels eingeschrieben hatten. Die Silberminen von Potosí in Bolivien 2010, das furchtbare Erdbeben von Haiti 2010, die Gletscher in der Arktis bei der Forschungsstation von Ny-Ålesund 2018. Aber was ist mit all den Landschaften, die ich schon früher arglos gesehen und nicht als versehrte *begriffen* habe, weil die Zerstörung mir so selbstverständlich erschien? Wie lange haben wir gesehen, ohne zu verstehen, *was* wir da sehen? Wie lange haben wir die Natur gar nicht verstanden als etwas, was nicht separat von uns existiert, nicht als bloßes *Material*, an dem wir uns bedienen können, sondern als mit uns verwobene Welt, die wir nicht verändern oder zerstören können, ohne uns selbst zu verändern und zu zerstören.

Wie bei der Gewalt im Wendekreis des Krieges kommt es bei der Klimakrise (und es *ist* ja auch eine Form der Gewalt) darauf an, sie als etwas *Gewordenes* zu beschreiben, die Zerstörung *nicht* als naturwüchsig, *nicht* als unabänderlich zu beschreiben, sondern als etwas, was *gemacht* wurde, das Anthropozän, etwas, was eine Autorschaft kennt, für das jemand verantwortlich ist, weil es immer auch die Möglichkeit gab, *anders* zu entscheiden, *anders* zu handeln, auszusetzen mit der Ausbeutung der natürlichen Ressourcen, mit der Ausschüttung von CO_2-Emissionen, mit der Verseuchung der Böden.

Das wäre das Naheliegende. Das Beschreiben der dramatischen ökologischen Verheerungen, die wir in der Gegenwart erleben. Das ist methodisch auch nachvollziehbarer: Da lassen sich die Kausalitäten vergleichsweise belastbar analysieren und beschreiben. Diese Art des Erzählens der Klimakatastrophe ist mittlerweile auch in medialer Tagesaktualität präsent. Meist wird dann punktuell fokussiert, wenn gerade weite Teile Pakistans ersaufen, wenn New York in eine orangefarbene Aschewolke der Brände aus Kanada getaucht wird, wenn in Sibirien die Permafrostböden zu tauen beginnen. Das ist vergleichsweise einfach.

Etwas anspruchsvoller ist es, bei diesem rückwärtsgewandten Blick auf die Klimakatastrophe als etwas Gemachtes auch die Kosten zu rekonstruieren, die verursachenden Faktoren und Akteure also dingfest zu machen für das, was sie an sozialen, ökonomischen, gesundheitlichen, ökologischen Schäden anrichten. Auf der Klimakonferenz in Sharm el Sheikh wurde erstmals ein Entschädigungsfonds beschlossen, der Ausgleichszahlungen an die von der Erderwärmung am schlimmsten betroffenen Länder vorsieht. Allein die V20-Gruppe aus 58 besonders gefährdeten Staaten beziffert ihre Kosten in den vergangenen zwanzig Jahren auf 525 Milliarden Dollar.

Es gibt auch immer präzisere Berechnungen der sozialen Schäden für unsere Gesellschaften, die durch CO_2 verursacht werden, die »Social Costs of Carbon«. Das »Potsdamer Institut für Klimafolgenforschung« und das »Mercator Research Institute on Global Commons and Climate Change« haben berechnet, dass heute pro emittierter Tonne CO_2 schätzungsweise 100 Euro an Kosten für Klimaschäden veranschlagt werden müssen. Sie kalkulieren allerdings auch nach vorwärts. Bis zur zweiten Hälfte des 21. Jahrhunderts werden sich diese sozialen Kosten, so die Schätzung, bereits bei 800 Euro pro Tonne bewegen, also nahezu verzehnfacht haben.[20]

*

Vorwärts

Aber wer über den Klimawandel spricht und schreibt, wer die Realität des Klimawandels ausloten will, wer begriffen hat, was der Klimawandel bedeutet, wer die

Dringlichkeit des Klimaschutzes vermitteln will, erzählt vor allem *vorwärts.* Es ist ein Erzählen dessen, was uns erwartet, was kommen wird, es ist ein Erzählen, für das Vorstellungskraft unverzichtbar ist. Es ist *katastrophisches Denken*, was wahr sein wird, und zwar mit endlos vielen *Variablen,* die das, was wahr werden *könnte*, jeweils ausdifferenzieren.

Das Denken des Noch-Nicht im Kontext der Klimakrise hat eine *Struktur*, die die globale Gemeinschaft schon in der Pandemie lernen und internalisieren konnte (oder hätte lernen sollen). Schon dort musste das, was höchstwahrscheinlich geschehen wird, das, was geschehen könnte, in der Syntax von »*Wenn-Dann*«-Funktionen formuliert werden. *Wenn* die Kontakte reduziert werden, *wenn* jede Person nur noch die Personen des eigenen Haushalts trifft, *wenn* die Reproduktionszahl Faktor R so und so hoch ist, *wenn* bestimmte Bedingungen erfüllt werden, *dann* wird in drei Wochen, in sechs Wochen, in drei Monaten *folgendes Szenario* eintreten. Dabei wird das, was getan und umgesetzt wird, so kalkuliert wie das, was versäumt oder verweigert wird. Dieses Denken in Wenn-Dann-Szenarien konnte in der Pandemie trainiert werden. Die zeitlichen Einheiten waren kürzer, die Folgen des eigenen Handelns oder Unterlassens waren schneller zu sehen. Die Abstände sind bei der Klimakrise größer. Nicht in drei Wochen, nicht in sechs Wochen, sondern in Jahren oder Jahrzehnten wird gerechnet und modelliert.

Zeit war und ist bei diesen Krisen die ultimative Währung. Jede Unterlassung in der Gegenwart wird in absehbarer Zeit unweigerlich bestraft. Verlorene, ignorierte, vergeudete Zeit, ob bei der Pandemie oder bei der Reduktion der Treibhausgas-Emissionen, lässt sich nicht mehr einholen. Die im Abkommen von Paris beschlossene Begrenzung der globalen Temperaturerhöhung um 1,5 Grad heißt trocken »Klimaziel«, als ob das nur ein netter Vorsatz fürs neue Jahr wäre, an den zu halten sich ohnehin niemand verpflichtet fühlt. Als ob es einfach eine Aufgabe wäre, an der zu scheitern bedauerlich, aber nicht wirklich fatal wäre.

Doch es sind nicht einfach nur willkürlich ausgemachte Versprechen. Jenseits davon liegt nicht einfach der nächste gute Vorsatz, dann eben 3 Grad oder 4 Grad. Einige Teilsysteme des Klimasystems haben kritische Schwellen. Dort entwickelt sich das Klima nicht mehr linear, sondern dort warten Bruchstellen. Jenseits davon drohen qualitativ erhebliche bis unumkehrbare Veränderungen. Vielleicht muss man das ausbuchstabieren. Vielleicht muss das nüchtern Technizistische des Vokabulars, das den Schrecken kostümiert, einmal entkleidet werden. Es gibt ökologische *Grenzen der Ignoranz*, sie werden euphemistisch »Kipppunkte« genannt, als ob sich danach fröhlich weiter schaukeln ließe, aber es sind eher Abgründe ohne Wiederkehr. Wenn sich die Erderwärmung unvermindert fortsetzt, wenn das 1,5-bis-2-Grad-Ziel gerissen wird, dann werden das Abschmelzen des Grönlandeisschildes, die Erosion des Amazonas als irreversible Prozesse immer wahrscheinlicher.

Irreversibel heißt übrigens irreversibel.
Unumkehrbar.
Jede späte Einsicht ist dann nicht spät, sondern zu spät.

Danach hört die Welt nicht auf zu existieren. Danach ist nicht blanke Apokalypse. Aber danach sind manche Veränderungen des Klimas unaufhaltsam.

Und so ist es existentiell, dass das Erzählen der Klimakrise auch *nach vorwärts* operiert. Es sind auch hier Modellierungen, mit denen sich, abhängig vom Handeln oder Nichthandeln, von wirksamen Klimaschutzmaßnahmen oder deren Blockierung, das Noch-Nicht kalkulieren lässt.

Es mag erst einmal überraschen, etwas, was noch nicht geschehen ist, in eine Vorlesung über »faktuales« Erzählen einzuordnen. Da muss sich Widerspruch regen. Modellierungen sind nicht einfach »Tatsachen«. Sie sind noch nicht wahr geworden. Es sind Modellierungen, es sind Berechnungen, es sind Kalkulationen. Sie sind nicht real oder wirklich. Sie können nicht einfach als Wahrheit behauptet werden. Sie sind fragil, weil sie abhängig sind von einer Vielzahl von Variablen. Aber sehr vieles lässt sich eben prognostizieren. Bestimmte physikalische Gesetze lassen sich nicht aushebeln, bestimmte Kipppunkte lassen sich nicht mehr revidieren. Und es lassen sich Folgen des eigenen Handelns oder Nichthandelns in Szenarien vorhersehen. Und diese Modellierungen lassen sich beschreiben, sie müssen sich beschreiben lassen, weil das, was sich in ihnen aufzeigen lässt, uns zu bedrohen oder zu retten vermag.

Gerade hier, bei dem, was noch nicht ist, bei dem Beschreiben dessen, was geschehen wird, kommt es nicht nur auf Graphen und Kurven an. Damit Modellierungen in ihrer dringlichen Handlungsaufforderung auch verstanden werden, müssen die Szenarien wirklich vorstellbar werden. Das, was wahr sein wird, muss plastisch, konkret spürbar werden. Und schon hier wird deutlich, welche Rolle dem Erzählen zukommen kann und muss. Wenn die Modellierungen nur abstrakt bleiben, wenn die

Szenarien als nüchterne Potentialitäten daherkommen, vermitteln sie vielleicht wissenschaftliche Fundierung, aber eben nicht die Dringlichkeit, die sie bräuchten.

*

Wer schreibend über das nachdenkt, was wahr ist, wer sein schreibendes Leben lang vor allem über Gewalt nachdenkt und wie sie Menschen versehrt, muss auch über die Gewalt der Klimakrise sprechen, die schon in der Gegenwart Tod und Zerstörung anrichtet, aber die absehbar, vorhersehbar, unweigerlich weiter unsere Lebenswelt und Existenz versehren und bedrohen wird.

Rein analytisch sind dabei jene Szenarien, in denen rechtzeitiges, radikales Handeln *ausbleibt*, in denen die ökologische Transformation verschlafen oder absichtsvoll verhindert wird, in denen die Emissionen *nicht* reduziert, die globale Erwärmung *nicht* gebremst, das Artensterben *nicht* gestoppt wird, von jenen Szenarien *zu unterscheiden*, in denen durch drastisches Eingreifen die Klimaziele *eingehalten* und die Emissionen gesenkt und ein sozialer und nachhaltiger Umbau unserer Lebensweise *gelingt.*

Das eine sind die eher *dystopischen Erzählungen*, die alptraumhaften Szenarien der unaufhaltsamen Zerstörung unserer Welt, und das andere sind eher *Phantasien des guten Lebens* in einer anders geschätzten, anders geschützten Welt. Sie erzählen jeweils nach vorwärts, sie erzählen jeweils im Spannungsfeld von Wahrheit und Utopie, aber sie unterscheiden sich darin, ob sie das Scheitern oder das Gelingen antizipieren und kartographieren.

Die Klimabewegung steht und fällt, meiner Ansicht nach, mit der strategischen Entscheidung, welches der Szenarien sie präferiert, womit sie zu mobilisieren sucht.

Es gilt, nach Gründen zu suchen, warum etwas – allen Widerständen, allen Ängsten, allen Gewohnheiten zum Trotz – doch *möglich* sein kann. Wie in dem Test mit den fiktiven Monstern gilt es, im Dialog mit anderen, nach Kriterien zu suchen, warum etwas denkbar sein kann.

Das heißt also, *nicht* nur die dystopischen Szenarien auszubuchstabieren, nicht nur das, was Bange macht, sondern auch die wünschenswerten Szenarien, auch das, was hoffen lässt, zu skizzieren. Das Erzählen nach *vorwärts,* das Nachdenken über das, was nicht nur wahr, sondern auch *gut* sein kann, wird leider oft vernachlässigt. Es überwiegen meist die katastrophischen Kulissen, nicht die Visionen des guten Lebens. Vielleicht weil nach dem Fall der Mauer das Ende der Geschichte ausgerufen und das progressive, utopische Denken so lange diskreditiert wurde, dass es heute trostloserweise nur noch die postfaschistischen Bewegungen für sich beanspruchen mit ihren menschenverachtenden Phantasien vom »reinen« Volk. Es ist nicht nachvollziehbar, warum es ausgerechnet den rechten Ideologen überlassen wird, radikale Phantasien zu entwickeln. Und warum diejenigen mit demokratischen, inklusiven, gerechten Vorschlägen für eine sozial-ökologische Zukunft so kleinteilig und düster daherkommen. Als hätten sie allein etwas zu vermitteln, was eine Belastung darstellt, als gäbe es gar nichts zu gewinnen dabei, als wäre der Wandel nur eine verlustreiche Pflicht und nicht auch eine ertragreiche Aussicht auf ein anderes Leben.

Aber für alle, die sich dem Klimaschutz verschrieben haben, muss das unverzichtbar sein: das Erläutern, das Beschreiben, das Argumentieren dessen, was *gelingen* kann, die Frage, wie wir *leben* wollen, wie eine nachhaltige Lebensform immer auch eine soziale, eine gerechte, eine demokratische sein kann und muss. Es braucht eine Utopie als Horizont, als Aussicht, als Transportmittel der Sehnsucht.

Wer sich der Klimakatastrophe stellen will, wer aufzeigen will, was wahr ist und wahr sein wird, muss mindestens drei Aufgaben erfüllen: 1. Kartographieren, 2. Wahrsprechen und 3. Übersetzen.

*

1. Kartographieren

Für dieses Aufzeigen des Noch-Nicht, für das, was wahr sein könnte, braucht es eine *konkrete* Vorstellung der Wege dahin. Das utopische Denken darf kein Denken des Nicht-Orts bleiben, sondern muss die leeren Räume füllen, muss auch Handlungsräume öffnen, in denen eine andere Zukunft geschaffen werden kann.

Wenn ich dafür ein Bild finden müsste, würde mir das Bruchstück einer 2500 Jahre alten Tafel, der babylonischen Weltkarte, einfallen, die im British Museum in London ausgestellt ist. Auf der unteren Hälfte des Fragments aus Tonerde ist ein Ring aus zwei konzentrischen Kreisen eingraviert, der in Keilschrift mit dem Wort »marratu« (»bitteres Wasser«, also Ozean) beschriftet ist. Innen finden sich verschiedene kleinere Kreise und ein leicht gebogenes Rechteck, das ein waagerechtes Rechteck kreuzt: der Euphrat, der durch Babylon fließt. Auch der »Berg«, aus dem der Euphrat entspringt, ist verzeichnet, ebenso wie der »Sumpf«, in den er mündet. Das Schönste an der babylonischen Weltkarte aber ist, dass sie auch jene Regionen verzeichnet, die jenseits des Ozeans liegen. Für diese imaginären Räume außerhalb der bekannten Welt finden sich auf der Tafel Dreiecke, die an den äußeren Kreis anschließen und in verschiedene Richtungen zeigen. Sie enthalten nicht nur wundersame Mutmaßungen über Entfernungen im Unbekannten (sechs Meilen zwischen den Orten, »an denen die Sonne nicht zu sehen ist«), sondern auch Verweise auf allerlei Tiere (Chamäleons, Affen, Strauße, Zebus, Löwen und Wölfe).[21]

Eine Karte bildet keineswegs den Raum einfach nur ab, sie strukturiert ihn. Eine Karte hat notgedrungen immer eine bestimmte Perspektive, die festlegt, was erfasst wird und was nicht. Sie bestimmt Zentrum und Peripherie, so wie sie die Himmelsrichtung setzt. Wie die Dreiecke auf der fragmentarischen Karte von Babylon kann sie auf den noch unentdeckten Raum verweisen, auf das Jenseits des Bestehenden. Die babylonische Weltkarte, die auch die Gegenden zeigt, die unbekannt sind, verlangt von den Betrachter:innen Demut, sie verlangt die Einsicht, dass die bekannte Welt nicht alles ist, dass es noch einen imaginierbaren, unentdeckten Raum gibt.

Es ist dieser imaginierbare Raum, den es zu kartographieren gilt. Es ist das Denken nach vorwärts, ins Noch-Nicht, das im Angesicht der Klimakrise dringend gebraucht wird. Aus verschiedenen Gründen: einerseits, weil es eine Vorstellung dessen braucht, was möglich sein kann, was wahr sein könnte, was unser Handeln tatsächlich ausmachen kann, um aus dem Zustand der gedankenreichen Tatenarmut herauszufinden. Und andererseits, weil es das Noch-Nicht braucht als Gegenbild zur Gegenwart, als Instrument der Kritik.

Wer das berechnet, was sein *könnte*, zeigt damit mindestens auch, was *nicht sein müsste*, was anders sein könnte. Das Modellieren dessen, was wahr sein könnte, mehr noch: das präzise Ausbuchstabieren dessen, was möglich wäre, *verändert die Begründungslast.* Nicht mehr die, die etwas verändern wollen, müssen sich rechtfertigen, nicht mehr die, die die Einhaltung der Klimaziele umsetzen wollen, können diskreditiert werden als elitäre Phantasten, sondern diejenigen, die Maßnahmen verhindern, müssen sich rechtfertigen.

Das ist, was Wissenschaftler:innen leisten, was Klimaforscher:innen wie Ottmar Edenhofer und das »Potsdamer Institut für Klimafolgenforschung« oder auch alle am »Wuppertal Institut« leisten, was Dirk Messner und das Team vom Umweltbundesamt leisten und viele andere in Instituten und Forschungsbereichen. Sie alle zeigen auf, was möglich wäre, mit welchen Instrumenten und Verfahren, und damit zeigen sie auch, *was vermeidbar wäre.*

Um es konkret zu machen: Wer die Landkarte eines kooperativen Multilateralismus zeichnet, in dem kleineren asiatischen oder lateinamerikanischen Ländern mit einem Schuldenerlass oder einem Investitionsfonds der Ausstieg aus fossilen Energien ermöglicht wird, stützt zugleich auch begründete Kritik an jenen Ländern, die ein solches Instrument zur Finanzierung verhindern.

Oder: Wer Konzepte entwickelt für eine CO2-Bepreisung mit Rückerstattung (ohne Bedürftigkeitsprüfung), bei denen die Fragen der horizontalen und vertikalen Verteilungsgerechtigkeit berücksichtigt sind, der entkräftet alle Abwehrreflexe gegen Bepreisung, die sich aus Sorge vor sozialer Unverträglichkeit speisen. Da wird dann gern das angsteinflößende Gespenst der »Gelbwesten« als Drohkulisse evoziert, um CO2-Bepreisungsfragen sofort abzumoderieren.

Oder: Wer Mobilitätskonzepte nicht nur für urbane, sondern auch für ländliche Gegenden entwickelt, wer zeigt, wie weniger Autos, mehr gemeinsam geteilte Fahrgelegenheiten, mehr Apps für »Sharing«-Angebote, andere Antriebstechniken möglich und finanzierbar wären, wer berechnet, wie Emissionen durch Tempobegrenzung eingespart werden könnten, erhöht den Druck auf diejenigen, die allein den Begriff »Technologieoffenheit« wie ein rhetorisches Schild vor sich hertragen, hinter dem sich nichts befindet. Ein leerer Signifikant, allein zur Abwehr gedacht. Ohne Konzept, ohne Substanz, ohne Perspektive.

Zu denjenigen, die die wichtige Arbeit des Kartographierens leisten, zählen übrigens auch alle, die im Kabinett oder in den Ministerien oder in den Parteien an politischen Vorgaben, an Konzepten, an Gesetzen, am Ordnungsrecht, an steuerlichen Be- oder Entlastungen arbeiten, alle, die die vergaberechtlichen, finanziellen, sozialen Bedingungen entwickeln und aufzeigen – und so Handlungsspielräume öffnen.

Aber das sind auch all jene in zivilgesellschaftlichen Räumen, die durch alternative Formen des Lebens, Reisens, Teilens schon experimentelle Praktiken entwickeln. Sie erproben andere Gewohnheiten, andere Techniken, sie probieren aus, wie sich nachhaltig, ressourcenschonend leben lässt. Welche Praktiken mühsam und ineffizient, aber welche auch lustig und vergnüglich sind. Sie testen und entdecken dabei auch neue Formen der Gemeinschaft, der Nachbarschaft, und entwickeln so andere soziale Infrastrukturen der Gesellschaft.

Das Kartographieren von ungeahnten Möglichkeiten ist nicht allein eine theoretische, sondern auch eine lebensweltliche Aufgabe. Daran können alle mitwirken. Es lassen sich auch die Räume des Möglichen durchs Spiel, durch unübersichtliche, überraschende, lustvolle Kreativität entdecken, durch die Kunst, die nicht schon verzweckt, nicht schon nützlich, nicht schon anwendungsorientiert ist.

Diese experimentellen Praktiken werden gern vergessen. Aber sie sind elementar wichtig.

*

2. *Wahrsprechen*

Nun sieht sich das Erzählen und Argumentieren im Angesicht der Klimakatastrophe auch *Schwellen und Widerständen* gegenüber, die denen im Kontext von Krieg und Gewalt ähneln.

Da ist zunächst der kognitive Widerstand, sich etwas als real vorzustellen, was den normativen Erwartungen nicht entspricht. Das ist, was ich allzu oft in Kriegsgebieten erlebt habe: wie unglaubwürdig einem das erscheint, was man hört (oder selbst das, was man mit eigenen Augen sieht), eben weil es die eigenen Vorstellungen von dem, was Menschen einander antun können, zerfetzt.

Was wahr ist: Die Zerstörung unserer Ressourcen ist *nicht auszuhalten*. Was wahr ist: Die Klimakatastrophe nimmt *alles auseinander*, woran zu glauben *einen sich sicher fühlen* ließ. Was wahr ist, löst frühere Gewissheiten und vertraute Bequemlichkeiten auf. Was wahr ist, *soll* nicht wahr sein, will nicht glaubwürdig scheinen. Denn was hieße das, wenn es wahr wäre. Noch mehr: Was verlangte das von einem?

Es gibt einen doppelten Widerstand an dieser Stelle: einmal das bloße Verstehen dessen, was eine Anomalie darstellt. Das ist schwer zu erfassen. Die wirklich existentielle Bedrohung der Welt ist kaum denkbar. Und dann aber widerstrebt einem diese Einsicht auch deswegen, weil sie verlangt, den eigenen Anteil und das eigene Versagen mit zu reflektieren. Es ist nicht nur katastrophisches Denken, das verlangt wird, nicht nur das Begreifen der Krise, sondern es ist die eigene Verwicklung damit verbunden. Dagegen ziehen auch innere Barrieren auf.

Dieses Unbehagen ist nachvollziehbar, und ich vermute, wir alle kennen und spüren es. Es ist quälend, sich einzugestehen, dass möglicherweise die eigene Arbeit, die lebenslange Schufterei in einer Zeche oder auf einer Bohrinsel oder in einem Chemiekonzern oder in der Medienbranche (die die Klimakatastrophe jahrzehntelang als mutmaßliches Nischenthema von Ökonerds exotisiert und ignoriert hat) oder in der Landwirtschaft als *schädlich* dasteht. Natürlich will das niemand aus meiner Generation für sich und das eigene Leben: die Einsicht, was versäumt, was vertan wurde, woran man komplizitär beteiligt war.

Es ist wie bei Leo Tolstois »Der Tod des Iwan Iljitsch«, der in Todesnähe voller Entsetzen sich fragt: »Wie, wenn in der Tat mein ganzes Leben, mein ganzes bewusstes Leben nicht das Wahre gewesen ist?« »Aber wenn dem so ist«, sagt er zu sich, »und wenn ich nun mit dem Bewusstsein aus dem Leben gehe, dass ich alles zerstört habe, was mir beschieden ward, und nichts mehr gutmachen kann, was dann?«.[22]

Es ist quälend, sich einzugestehen, dass all die Mühen, all die Schmerzen, all die Arbeit, die im Körper Spuren hinterlassen haben, all das, was aufgebaut wurde, was vielleicht auch die Familie und die nächsten Generationen genährt und gestützt hat, Teil eines zerstörerischen Weltverhältnisses war. Es ist quälend, sich zu befragen, was früher hätte verstanden werden können/müssen, es ist kompliziert, das, worauf man stolz war, auf einmal auch in seinen ambivalenten Wirkungen wahrnehmen zu müssen.

Wer sich fragt, wie der »riesige Ausfall an Reaktionen« (Bruno Latour/Nicolaj Schultz) auf die Klimakrise zu erklären ist, wer sich fragt, wie sich das, was wahr ist, erzählen lässt, muss diese Gefühle ernst nehmen.[23] Die affektiven Widerstände gegen das Verstehen der sozial-ökologischen Aufgaben sind so verständlich wie legitim. Aber dabei darf es eben nicht bleiben. Auch Emotionen lassen sich schließlich befragen. Nur weil etwas schwerfällt, nur weil eine Einsicht unbehaglich, nur weil eine Erkenntnis bitter ist, lässt sie sich trotzdem annehmen. In der Öffentlichkeit der Gegenwart drängt sich gelegentlich der Eindruck auf, Gefühle seien grundsätzlich unantastbare, pseudo-sakrale Autoritäten. Als ließen Gefühle sich nicht als angemessen oder unangemessen qualifizieren, als ließen sie sich nicht einhegen oder verwandeln. Da ist auch eine groteske Infantilisierung am Werk, die uns zu unmündigen Untertanen des Affekts machen will.

Das gibt es im Kontext von Kriegen auch: die innere Bedrängnis, sich vergegenwärtigen zu müssen, wie sehr die Gewalt, die anderen widerfährt, die anderen angetan wird, verwoben und verwickelt ist mit dem, was die eigenen Regierungen, die eigenen Gesellschaften angerichtet oder zugelassen haben. Nicht nur, welche historischen Verbrechen in anderen Regionen der Welt in Europa oder dem globalen Norden ihren Ausgang nahmen, wie beispielsweise die Gewalt in den Kolonien und die Verschleppung und Versklavung. Nicht nur die Ausbeutung natürlicher Ressourcen in der Vergangenheit. Sondern auch die Allianzen mit diktatorischen und autokratischen Regimen der Gegenwart, profitträchtige Handelsbeziehungen mit totalitären Staaten, Waffenlieferungen an repressive, nicht gerade demokratieaffine Regierungen.

Im Angesicht der Klimakatastrophe ist dieses Unbehagen vielleicht, da bin ich nicht sicher, direkter, die eigene Verstrickung vielleicht eindringlicher, weil sich jeder:m von uns, wenn wir es denn zuließen, der eigene

Beitrag am Unheil erschließen würde. Niemand will sich vorstellen (müssen), was möglich ist, also nicht nur, was da auf uns zukommt, sondern was uns bereits widerfährt, was wir bereits angerichtet haben. Niemand will die einzelnen Katastrophen, die Dürren, Waldbrände, Flutkatastrophen zusammenbinden, niemand will die verschiedenen Orte zusammendenken, niemand will denken, was der eigene Anteil daran war, niemand will die Katastrophe denken, weil sie immer auch von dem erzählt, wer sie verursacht hat, wer schuldhaft damit verwoben ist, weil niemand denken will, dass sie mit den Praktiken und Gewohnheiten kollidiert, die wir Leben nennen. So wird im privaten und öffentlichen Diskurs zunehmend ein *epistemischer Reizschutz* aufgebaut, der die traurige Wahrheit zu verbergen hilft.

»Aber Rätsel gibt es nicht. Es gibt nur Verrätselungen«, schreibt der Literaturwissenschaftler Jan Philipp Reemtsma in »Vertrauen und Gewalt«, und weiter: »Wir verrätseln die Katastrophe, um uns unsere Normalität nicht als permanente Irritation zumuten zu müssen.«[24] Das gilt auch für die Klimakatastrophe: dass sie, *wenn wir ehrlich wären*, keine Rätsel aufgibt, aber politisch aktiv verrätselt wird. Es gibt im politisch-medialen Feld eine riesige *Verdrängungs-Verrätselungs-Operation*, die uns Bürger:innen immunisieren will gegen den Schmerz der Erkenntnis, den wir empfinden müssten, wenn wir uns einließen auf die permanenten Disruptionen, Störungen und Zerstörungen, die unsere fossile Lebensweise verursacht hat.

Das war in den letzten Monaten offensichtlich: mit welch gnadenloser Hemmungslosigkeit da (allen voran in den Springer-Medien und in den »Talkshows«, aber auch auf Telegram und TikTok) die *geistige Verstümmelungsmaschine* angeworfen wurde und relativ simple und durchaus sozial-inklusive Gesetzesvorschläge bis zur

Unkenntlichkeit entstellt und dämonisiert wurden, bis sie niemand mehr verstehen konnte. Was nicht nur die Opposition, sondern auch Teile der Regierung da beim Gebäude-Energie-Gesetz aufgeführt haben, lässt sich nur als ein solches *Spektakel der Verrätselung* beschreiben.

Über die Motive zu mutmaßen, erscheint mir müßig: ob es blanke Phantasie- und Konzeptlosigkeit für die ökologische Veränderung ist, ob es geistiges Phlegma oder fossile Korrumpiertheit oder schäbiges Gepluster gegen die politische Konkurrenz ist. Mich interessiert hier auch nicht, einzelne Personen oder Parteien zu adressieren.

Aber mich treibt die *systematische Methodik der Entstellung* um, die nicht die hohen Emissionen, nicht die fossilen Energien, sondern die Maßnahmen zu ihrer Eindämmung und die Hinwendung zu grünen Energien als »Zumutungen« behauptet. Mich treibt das manipulative Agitieren um, die Desinformation, die Lüge, die Diffamierung, die Verschleierung, mit der das, was wahr ist, das, was vermutlich wahr sein wird, das, was getan werden muss, um die Katastrophe zu verhindern, verborgen wird. Das heißt nicht, dass es nicht Dissens geben kann, das heißt nicht, dass es nicht unterschiedliche Perspektiven, unterschiedliche Strategien, unterschiedliche Instrumente geben kann. Das heißt nicht, dass es nicht unsicheres, ambivalentes, zwielichtiges Gelände geben kann. Aber die können und müssen befragt und reflektiert werden. Dabei kann und muss es auch vernünftige Differenzen zwischen den verschiedenen Parteien und ihren programmatischen Überzeugungen geben.

Das ist etwas anderes als diese massiven Nebelwerfer, die nur absichtsvolle Unschärfe erzeugen, die nur Aufregung generieren, um Aufregung zu generieren.

*

Manchmal frage ich mich dann, ob ich sie *beneiden* sollte, ob es nicht leichter wäre, frei von der Bindung an Gründe und Argumente zu sein, unabhängig von der Suche nach Belegen dafür, dass etwas für wahr gehalten werden kann, einfach so selbstgewiss behaupten zu können. Das stell ich mir herrlich entspannt vor. Einfach so loszuplappern. Manchmal frage ich mich, ob nicht immer unterlegen ist in der öffentlichen Arena, wer auch den eigenen Positionen gegenüber den Zweifel mitführt. Wer sich selbst auch noch befragen muss nach eigenen Sichtblenden, nach kulturellen oder sozialen Vorannahmen, die den Fokus beschränken. Manchmal frage ich mich, ob nicht immer hinterherhinkt, wer genealogisch fragt, wie etwas geworden ist und wie etwas anderes möglich gewesen wäre, ob nicht immer unterlegen ist, wer sich als verantwortlich versteht, als jemand, der:die Rede und Antwort stehen muss, für jedes Wort, jeden Satz, aber auch jedes Schweigen.

Manchmal frage ich mich, ob ich nicht auch gern einmal so munter fabulieren können wollte, so richtig kreativ und locker mit Aussagen hantieren, manchmal frage ich mich, ob ich die eigene Zögerlichkeit, dieses Bemühen um Genauigkeit nicht mal ablegen sollte. Es muss herrlich sein, sich um die Zweifel und Unsicherheiten nicht zu scheren, denke ich mir dann. Manchmal frage ich mich, ob ich nicht auch gern diese Schnelligkeit hätte, mit der andere zu urteilen in der Lage sind, dieses rasante Tempo, mit dem da analysiert und eingeschätzt wird, was zutrifft und was nicht. Ich hinke immer hinterher. Manchmal frage ich mich, wie sich das anfühlen muss, mit dieser Gewissheit durch die Gegend zu spazieren.

Aber das fällt aus.

*

In seinen Vorlesungen aus dem Jahr 1983, die in »Die Regierung des Selbst und der anderen« erschienen sind, formuliert Michel Foucault die Idee vom Wahrsprechen in Anlehnung an das griechische *parrhesia*.[25] Das Sprechen hat dabei immer eine Richtung: Der Adressat des Foucault'schen Wahrsprechens ist immer eine autoritäre Macht, ein Tyrann. Wahrsprechen ist darin immer ein widerständiges, dissidentes Sprechen gegen das, was verordnet ist. Es ist immer ein aufbegehrendes Sprechen, eines, das nicht erwünscht ist. Wer wahrspricht, im Foucault'schen Sinne, nimmt sich eine Freiheit heraus, die nicht gestattet ist, wer wahrspricht, spricht ohne Status, ohne Aufforderung. Es wird das Wort ergriffen und die Wahrheit dem Tyrannen vorgehalten.

Das Foucault'sche Wahrsprechen ist voraussetzungsvoll. Es reicht nicht, einfach nur die Wahrheit auszusprechen, sondern die *parrhesia* verlangt auch, sie tatsächlich zu *meinen*. Ich sage nicht nur etwas Wahres, sondern ich *glaube* auch, dass es wahr ist. Die *parrhesia* kann nicht in manipulativer, täuschender Absicht gesprochen werden. Sie ist als Aussage nicht nur wahr, sondern immer auch wahrhaftig.

Es ist diese Art des Wahrsprechens, auf die es in der politischen Öffentlichkeit der Gegenwart ankommt. Wir müssen, wenn wir über die Klimakatastrophe sprechen oder schreiben, wahrsprechen. Denn es gibt heftigen, machtvollen Widerstand gegen Klimaschutzmaßnahmen. Es braucht immer noch Mut. Das gilt für alle, die in autoritären Regimen leben, für alle, die fossilen Strukturen und Interessen widersprechen, das gilt für die Landlosen, die indigenen Gemeinschaften, die Einspruch erheben gegen die Zerstörung ihrer Lebensgrundlagen, das gilt für alle, die die natürlichen Ressourcen schützen wollen vor dem Zugriff oder der Vernichtung, das gilt für alle, die in Gegenden der Rechtelosigkeit leben, die sich mafiosen, regierungsnahen oder außerstaatlichen kriminellen Netzwerken gegenübersehen, für alle, die diffamiert und bedroht werden über soziale Medien oder entgrenzte Staatsanwaltschaften oder brutalisierte Bewegungen.

Das gilt für alle, die sich in dieser Zeit hinstellen, lokal oder international, mit ihrer Person, ihren Reden, ihren Analysen, ihren Entwürfen, ihren Gesten und ihren Körpern und für Klimaschutz argumentieren. Das ist nicht einfach *kostenlos* zu haben, sich für den Klimaschutz einzusetzen. So, wie es nicht kostenlos zu haben ist, sich für Menschenrechte einzusetzen. Es hat einen psychischen, sozialen, körperlichen Preis, es ist eine Belastung. Es verlangt, nicht nur nach guten Argumenten zu suchen, nicht nur nach geeigneten Verbündeten, nicht nur nach kreativen, wirkungsmächtigen Instrumenten. Sondern es verlangt ja immer auch, sich gegen die eigene Verzweiflung, gegen die Erschöpfung, gegen die Sehnsucht nach einem bequemeren Leben zu entscheiden.

Ich muss zugeben, so sehr ich mich der Vorstellung des Wahrsprechens verpflichtet fühle, so sehr treibt sie mich doch momentan um. Das Sprechen in der Gegenwart ist belastend und es ist auch angsteinflößend. Ich weiß mich von einem demokratischen Rechtsstaat beschützt. Es ist kein totalitäres Regime, keine autoritäre Diktatur. Das ist ein unverdientes Glück. Und deswegen verpflichtet es uns auch, die eigenen Möglichkeiten, die eigenen Freiheiten nicht zu unterschätzen. Es zwingt uns auch, sich nicht einschüchtern zu lassen, die Räume, die es (immer noch) gibt, auch zu nutzen. Weil andere, in unfreien Regimen, in ärmeren, härteren Gegenden der Welt dieses Wahrsprechen jeden Tag wagen.

Und doch gibt es auch hier in Europa autoritäre, antiaufklärerische Bewegungen, die versuchen, ein vernünftiges und ziviles Diskursniveau zu verhindern. Es gibt eine zunehmend verrohte Öffentlichkeit, in der ungeheuer heftig, ungeheuer aggressiv gegen demokratische, emanzipatorische Stimmen agitiert wird. Rechtsradikale, faschistische Bewegungen unterstützen oder manipulieren verunsicherte oder veränderungsunwillige Gruppierungen. Ein zunehmend enthemmter Boulevardjournalismus und Influencer-Figuren verzerren und verkürzen komplexe politische Kontroversen, ob aus ökonomischer Verzweiflung oder aus ideologischem Kalkül, ist nicht einmal klar. Und natürlich gibt es internationale Akteure, die systematische Diskurssubversion via TikTok und YouTube und Cyberwarfare betreiben, um demokratische Gesellschaften zu destabilisieren.

Sie alle schüren kollektives Misstrauen, sie produzieren und kanalisieren Ressentiments gegen »die Elite«, gegen »die Grünen«, gegen »Verbote«, gegen »Genderideologie«, gegen »Trans*-Rechte«, gegen »Klimakleber« und zunehmend gegen »Ökodiktatur«. Sie hoffen und warten lustvoll darauf, wann sich der Hass in Gewalt entlädt. Es ist nur eine Frage der Zeit und der Gelegenheit. Es ist ein wirrer Mix an Objekten der Verachtung, eine obskure Rasterfahndung der Gegenaufklärung, bei der nach wechselnden Motiven und Tropen gesucht wird.

Antidemokratische Agitatoren und Bewegungen mobilisieren in unterschiedlichen Konfigurationen, ob bei »Pegida«, bei den »Querdenkern« oder auch zuletzt bei

Protesten gegen die Klimaschutzmaßnahmen. Sie suchen sich ein Thema, einen Begriff, mit dem sich triggern lässt, mit dem sich Energie aufnehmen und aufladen lässt. Ob es »Migration« ist oder »Impfungen« oder »Wärmepumpe«, das spielt *gar keine Rolle*. Bis dieses Buch veröffentlicht ist, werden es vermutlich wiederum neue Begriffe oder neue Themen sein, an denen sich affektiv aufladen und Ressentiments schüren lässt.

Es funktioniert wie ein Trojanisches Pferd, mit dem sich tief in das demokratische Herz der Gesellschaft eindringen lässt. Das jeweilige Thema wird eingebaut in die ewig selbe Erzählung von denen »da oben« und denen »da unten«, es wird um den Begriff der »Freiheit« herum eine Geschichte konstruiert, wie die »Freiheit« bedroht sei, wie die eigenen Rechte, der eigene »Lebensraum«, die eigene Familie angeblich nicht mehr geschützt seien. Der Ort der Platzierung ist entscheidend: Es muss in der bürgerlichen Mitte der Gesellschaft landen, in der die Saat des Misstrauens an der Demokratie aufgehen soll.

Die »Falschen Propheten« (Leo Löwenthal) interessieren sich nicht für reale soziale Fragen, für wachsende Ungleichheit in unseren Gesellschaften oder für die Not von Familien in prekären Arbeitskontexten. Sie nehmen sich jene Themenfelder, in denen sich das zeigt, was Löwenthal »soziale Malaise« nennt, wo sich Hilflosigkeit und Ohnmachtserfahrungen sammeln. Sie zeichnen sich durch eine diffuse Anklage aus. Je unschärfer, desto besser. Sie sind nicht an Lösungen interessiert. Sie wollen nichts gestalten, sie wollen keine Hierarchien abbauen, keine Ungerechtigkeit beseitigen. Sie wollen nur Emotionen entfachen und ins Eskalatorische überhöhen. Sie erregen sich an der Erregung, sie suchen Angst und Hilflosigkeit und beuten sie aus.

Es sind weltweit agierende Bewegungen und Regime, die Verachtung für die aufgeklärte Moderne schüren, die sich mal gegen Virolog:innen richtet, mal gegen Klimaaktivist:innen oder den Wirtschaftsminister, mal gegen Feminist:innen und queere Menschen, mal gegen den öffentlich-rechtlichen Rundfunk und Migrant:innen. Das sind nicht nur lokale Lobbyistengruppen und Thinktanks, rechtsradikale Figuren und autoritäre Parteien. Sondern das sind allzu oft *international vernetzte* Bewegungen. Sie werden durch staatliche Akteure (wie Russland, China, Iran, Nordkorea) unterstützt, aber auch durch nichtstaatliche Bewegungen oder Institutionen (wie amerikanische Ultrareligiöse oder auch Anti-Klimawandel-Institute wie das Heartland Institute) gefördert.[26]

Vielleicht ist es nötig, nochmal daran zu erinnern: Das Regime von Vladimir Putin zielt auf die Destabilisierung der demokratischen Gesellschaften, es zielt auf die Prinzipien der Aufklärung, auf Menschen- und Bürgerrechte, es zielt auf den Schutz von Minderheiten. Wer die europäischen Demokratien verteidigen will, kann sich nicht nur um Waffensysteme für die Ukraine kümmern, sondern die europäische Sicherheit hängt auch daran, ob Rationalität und Forschung, ob Menschen- und Bürgerrechte (nach außen, aber auch nach innen) verteidigt werden.

Das Ringen um mehr Klimaschutz und das um Menschen- und Bürgerrechte *gehören deswegen immer zusammen*. Sie sind nicht entkoppelt zu haben. Sie lassen sich nicht ohne einander durchsetzen. *Da gibt es auch keine Hierarchie*: hier die dringenden Klimafragen und da, nachgestellt, die Menschen- und Bürgerrechte. Es gibt nicht hier die antiaufklärerischen Diffamierungen gegen die Vernunft und Rationalität der Klimabewegung und da die Diffamierungen von Feminismus und Migration. Klimaschutz ist immer schon verbunden und eingelassen in soziale Fragen, Klimaschutz formuliert implizit immer schon Fragen der Gleichheit und der Freiheit, Klimaschutz kann nicht separiert gedacht werden, als handelte es sich nur um Fragen der natürlichen Ressourcen, als handelte es sich nur um Fragen der Einsparung von Emissionen, als ginge es nur um Erhalt der Artenvielfalt. Die Fragen von Flucht und Migration hängen direkt mit dem Klimawandel zusammen. Es gibt nicht nur den einen Fluchttreiber Krieg und Vertreibung, sondern auch Klimamigration.[27]

Der Konflikt, der seit dem Massaker der Hamas am 7. Oktober und der darauf folgenden Eskalation der Gewalt im Nahen Osten die »Fridays for Future«-Bewegung erfasst hat, zeigt zunächst einmal, nüchtern betrachtet, genau das: Es lassen sich nicht Menschen- und Bürgerrechtsfragen gänzlich entkoppeln von dem Einsatz für Klimaschutz. Allerdings erzählen die letzten Wochen auch davon, dass sich die Teile der Bewegung selbstkritisch befragen müssen, ob ihr normatives Fundament wirklich universalistisch ist oder nur selektiv humanistisch. Ob Menschen- und Bürgerrechte wirklich zählen oder ob es klammheimliche Hierarchien gibt?

Diese Auseinandersetzung wird ein langer Prozess, der gerade erst beginnt. Davon wird sicherlich einiges erst einmal intern debattiert. Vielleicht wird es zu Klärungen führen. Vielleicht bleiben Unvereinbarkeiten. Zur Wahrheit gehört auch: Diese Konflikte gibt es im Moment auch in einer Vielzahl anderer internationaler Institutionen. Sie alle müssen sich diesen Fragen stellen. Zur Wahrheit gehört auch: Bittere Konflikte um ethische, politische und auch taktische Fragen ziehen sich durch die Geschichte nahezu aller sozialen Bewegungen. Auch, ob und welche Form von Gewalt (gegen Sachen oder gegen Menschen) sie legitimiert sehen wollen oder sich davon abgrenzen, gehört zu den wiederkehrenden Zerwürfnissen. Das macht es nicht besser. Aber ich schätze alle diejenigen in den sozialen Bewegungen, die diese Konflikte nicht ausklammern, nicht negieren, sich nicht davonstehlen, sondern sich der Kritik von innen und außen aussetzen und den diskursiven Prozess und das Ringen um die eigenen normativen Prinzipien mitgestalten.[28]

Für jene autoritären Regime, die vor allem an der Destabilisierung demokratischer und menschenrechtlicher Prinzipien interessiert sind, ist alles, was Unruhe verursacht, alles, was die Klimabewegung, und auch alles, was demokratische Gemeinschaften spaltet, ein Grund zur Freude. Für autoritäre Regime und Bewegungen ist alles, was aufgeklärte, rationale Diskurse unterwandert, alles, was die Prinzipien der Gleichheit schwächt, unbedingt willkommen. Sie stehen Klimaschutzbewegungen und Menschen- und Bürgerrechtsbewegungen gleichermaßen feindselig gegenüber. Sie suchen, sie *gleichzeitig* anzugreifen, gleichzeitig mit Ressentiments zu überziehen. Es sind Regime, in denen sich autoritäre und fossile Strukturen paaren. Sie treten verbunden auf, zwillingshaft, Verachtung für Menschenrechte und Verachtung für Ökologie. Sie sehen sich bedroht durch beides: Das Versprechen der Gleichheit und der Freiheit könnte ihre hierarchisierten

Gesellschaften gefährden und damit ihren eigenen Status. Und das Versprechen einer nachhaltigen Transformation könnte die bisherige Quelle ihres Reichtums gefährden. Und sie versuchen, beides zu unterdrücken. Deswegen gibt es nur beides: das Ringen um Klimaschutz *und* das Ringen um Menschen- und Bürgerrechte. Ich würde mir wünschen, dass das wechselseitig mehr verstanden würde. Wir können uns die Vereinzelung nicht leisten.

Das Wahrsprechen gegen diese autoritären und klimaschutzresistenten Bewegungen riskiert *tatsächlich* etwas. Was sich da Woche für Woche entlädt, wie da die Aktivist:innen kriminalisiert und dämonisiert werden, wie alle, die sich mit ihrer politischen, ihrer akademischen, ihrer publizistischen, ihrer performativen Kraft dem Klimaschutz verschrieben haben, wie da alle, die nicht etwas zerstören, sondern retten wollen, als mutmaßlich gefährliche Feinde konstruiert werden, ist nicht einfach politisch kontrovers, das ist nicht einfach rhetorisch scharfe Kritik oder Auseinandersetzung, *das ist verantwortungsloses Vorbereiten von Gewalt.*

Da reicht es auch nicht, von außen zuzuschauen und irgendwie entsetzt zu sein. Es geht nicht an, dass der brutalisierte mediale oder nichtmediale Mob auf einzelne Personen gejagt wird, dass sie allein gelassen werden, dass sie selbst antworten oder sich schützen müssen. Was da auch auf Personen wie Luisa Neubauer einprasselt, ist nichts, was einem einzelnen Menschen allein aufgebürdet werden sollte. Es ist nichts, was ein einzelner Mensch tragen sollte. Da braucht es auch eine Gemeinschaft, die sich zuständig fühlt, die sich mitgemeint weiß, wenn Menschen angegriffen werden, die sich engagieren für etwas, was jenseits ihrer selbst liegt, die etwas aufgeben an

Privatheit, an Ruhe, um sich einer Aufgabe anzunehmen, die eine Menschheitsaufgabe ist. Es darf nicht einfach zur Gewöhnung werden, dass diejenigen, die wahrsprechen, dafür Hass und Gewaltphantasien auf sich ziehen. Es darf nicht einfach so hingenommen werden, was da dauernd hingenommen wird, dass einzelne Menschen einem digitalen Mob oder auch einer politisch-populistischen Szene ausgeliefert sind.

Es kann nicht sein, dass die schweigende Mehrheit so tut, als gingen sie diese Konflikte nichts an, als wären das »Kulturkämpfe«. Was ist denn das für ein Begriff? Das klingt, als ginge es um solche Banalitäten wie den Dresscode in der Oper oder die Vorzüge eines Füllfederhalters gegenüber einem Kugelschreiber. Was wir gerade erleben, sind keine »Kulturkämpfe«. Es sind irritierend entgrenzte ökonomische und politische Konflikte, die auf andere Themenfelder, *auf andere Opfer gelenkt* werden, weil sich so verkleiden lässt, was *eigentlich* umstritten und umkämpft ist. Der Genderstern oder all die anderen Topoi, um die so viel Aufhebens gemacht wird, kann es nicht wirklich sein. Da wird so getan, als wäre es eine Zumutung, eine Person so anzureden, wie sie angeredet werden möchte. Da wird so getan, als wäre es ein Affront, bestimmte schäbige Begriffe zu vermeiden. Als gäbe es nicht traditionell Konventionen des Miteinanders, in denen solche Regeln als selbstverständliche Form des Respekts verstanden werden. All das, was da jetzt aufgeregte Abwehr hervorruft, wären meiner Großmutter schlicht und ergreifend Gesten der Höflichkeit gewesen. Sie wäre nicht im Traum auf die Idee gekommen, es abzulehnen, auf Wunsch ein Wort zu meiden, das als verletzend empfunden wird, letztlich: *etwas zu lernen.*

Es ist auch umgekehrt für mich nicht die existentiellste aller existentiellen Fragen, ob es jedem:r in jeder Situation gelingt, den richtigen Ton oder den richtigen Begriff oder die richtige sprachliche Endung zu finden. Das wäre wünschenswert. Es wäre wohltuend. Aber es darf auch etwas Nachsicht mit Irrtümern oder Unerfahrenheit geübt werden. Darum kann es nicht ernsthaft gehen, und darum geht es auch nicht. Wir verlieren mit diesen ablenkend-eskalierenden Debatten alle Zeit. Zeit, die wir nicht haben. Zeit, die uns davonläuft. Zeit, in der wir uns immer noch genug widersprechen und miteinander ringen können, aber konzentrierter.

All diejenigen, die sich für Klimaschutz einzusetzen wagen, brauchen eine demokratische Gemeinschaft, die nicht zulässt, dass sie isoliert und angegriffen werden. Dafür spielt es keine Rolle, ob man selbst die Ambitionen der Klimaschutzfürsprecher oder ihre Methoden teilt. Ich brauche keine Übereinstimmung mit den politischen oder religiösen oder kulturellen Überzeugungen einer Gruppe, die gewaltfrei ihre Anliegen vertritt, um sie vor brutalisierten Anfeindungen zu schützen. Die Erzählung vom Klimaschutz als mutmaßlich totalitärer, diktatorischer Repressionsmaschine droht, immer weiter zu radikalisieren. In dieser absichtsvollen Entstellung wird die Opposition gegen Klimaschutz als vermeintlich letztes Aufbegehren vor dem Sieg des »Ökofaschismus« positioniert. Darin wird potentiell jede Gewalt, jeder Angriff auf Figuren oder Bewegungen, die sich dem Klimaschutz verschrieben haben, als angeblich notwendiger Widerstand verklärt.

Das Risiko der Logik des Notstands besteht allerdings grundsätzlich. Die Gefahr jener Argumentationslinie, die sich im Ausnahmezustand wähnt, der exzeptionelle

Mittel rechtfertige, gilt für die, die sich für Klimaschutz einsetzen, wie für die, die ihn verhindern wollen. Auch deswegen ist die Verbindung von Menschen- und Bürgerrechten und Klimaschutz unauflösbar, weil dadurch jene Selbstermächtigungsdynamiken eingehegt werden können, die sich auch zu Gewalt gegen Menschen autorisiert sehen wollen.

*

»Um weiterzuleben, dürfen wir nicht an die schlechten Dinge denken«, heißt es bei Nastassja Martin in »An das Wilde glauben«, und das gilt auch für die Konflikte und Anfechtungen in unseren Demokratien.[29] Um weiterzuleben, dürfen wir nicht nur an die schlechten Dinge denken. Wir müssen sie analysieren, wir müssen die Strukturen und Dogmen ausmachen. Aber wir müssen auch an das denken, was wir retten wollen, was und wer wir sein wollen, füreinander. Wir müssen an das denken, was das weiterleben lohnt.

Vielleicht ist das eine andere Wendung des Wahrsprechens: dass wir uns auch selbst verpflichten, dass wir uns selbst binden an das, was wahr ist, dass wir uns auch selbst als Person darin einsetzen und uns der Wahrheit aussetzen. Das bedeutet auch, dass wir uns durchlässig erweisen für die Wahrheit, dass wir zulassen, verändert zu werden. Vielleicht ist das eine der Wirkungen der Klimakatastrophe, die nicht nur bitter, nicht nur belastend, sondern auch befreiend ist. Die Krise zeigt ja auf, was falsch war in unseren Leben bisher, sie zeigt auf, welche Praktiken und Gewohnheiten uns zwar als Praktiken und Gewohnheiten vertraut waren, aber uns letztlich selbst ausgebeutet oder beschädigt haben.

Vielleicht ist dieses Innehalten, das von uns gefordert wird, auch eines, das uns kenntlicher macht, wer wir sein wollen, wie wir wahrhaftig leben wollen. Vielleicht ist dieses Wahrsprechen zu uns selbst auch eines, das uns hervorgehen lässt aus Zwängen, die wir nicht einmal mehr als solche bemerkt haben. Anstatt die Veränderungen, die nötig sind, immer als Schrecken zu beschreiben, mit diesem abstrakten Wort von der »Transformation«, könnte das, was nötig ist, zutreffender als Emanzipation beschrieben werden. Die Klimakrise hilft uns, aus dem hervorzugehen, was uns belastet und einengt. Vielleicht ist es das, was die Klimabewegung anders formulieren müsste: dass es sich hier um eine Befreiungsbewegung handelt, eine, die uns wieder näher zu uns selbst bringt. Das Erzählen im Angesicht der Klimakatastrophe wird getragen von dem, was sich an Möglichkeiten für ein anderes Leben öffnet. Ein Leben, das einander anders zugewandt, anders fürsorglich, anders solidarisch sein kann und will.[30]

*

3. Übersetzen

»Wir stehen umschlungen im Fenster, sie sehen uns von der Straße: / es ist Zeit, dass man weiß! / Es ist Zeit, dass der Stein sich zu blühen bequemt, / dass der Unrast ein Herz schlägt. / Es ist Zeit, dass es Zeit wird. / Es ist Zeit.«

Paul Celan, Corona

Wer zum Klima wissenschaftlich und politisch arbeitet, dem:der ist die Unrast eingeschrieben, dem:der sind Rückzug, Langmut oder Distanziertheit längst fragwürdige Tugenden einer vergangenen, vergeudeten Zeit.

Für diejenigen, die die Klimakrise als existentielle Aufgabe umtreibt, für diejenigen, die ihr Denken und Schreiben dem Klima widmen, für diejenigen, die das, was wahr ist, über die Krise erzählen wollen, für Forscher:innen, Aktivist:innen und Erzähler:innen erwächst aus diesem Wissen eine gnadenlose Dringlichkeit.

Ich merke das an mir selbst: Ich merke, wie auf einmal alles Tun, alles Schreiben *gewogen* wird, ob es ausreichend sich einsetzt für den Klimaschutz, ja mehr noch, ob mein Leben *ein gut gelebtes Leben* ist im Angesicht der sich verknappenden Zeit. Ob es nicht mehr bräuchte. Ob nicht alles andere überflüssig, ablenkend, mangelhaft ist.

Die verknappte Zeit ist gnadenlos, weil sie uns eine unmenschliche Schnelligkeit und Ausdauer abverlangt, gnadenlos auch, weil sie den eigenen Reden und Texten, den eigenen Gesetzesentwürfen, den eigenen Kampagnen oder Interventionen ein verzweifeltes Ringen um *politische Wirkung* aufbürdet. Die Frage, wie verständlich die eigenen Analysen oder Vorhaben hätten präsentiert, wie zwingend die eigenen Argumente hätten formuliert sein müssen, damit sie sich gegen skeptische oder auch nur träge Einwände und Interessen durchsetzen, belastet in diesen Zeiten kategorial anders, weil die Folgen des Scheiterns so dramatisch sind.

Das darf allerdings auch nicht dazu führen, dass aus dieser Dringlichkeit eine übersteigerte *Verschlichtung* oder Selbstermächtigung gefolgert wird, die alle Widersprüche, alle Ambivalenzen, vielleicht auch alle Zweifel an den eigenen Positionen, an den eigenen Aktionen bereinigt. Da droht ein Klima der Angst, nur ja nicht der eigenen Gruppe, den eigenen Verbündeten zu schaden. Oder aus der bloßen Furcht, als illoyal zu gelten, werden vorauseilend selbstkritische Intuitionen einkassiert.

Das ist immer *das Ende jeder progressiven, emanzipatorischen Bewegung* oder jedes aufgeklärten Denkens: *wenn Skepsis oder Selbstkritik als hinderlich oder illoyal gedeutet werden.* Wenn innerhalb einer Bewegung oder einer Gruppe nicht mehr offen gesprochen und nachgedacht wird, wenn der Gestus der Tat alle analytischen Unsicherheiten überblendet, wenn der Handlungsdruck kritische Einwände als nurmehr störend verdrängt, dann delegitimiert sich eine soziale Bewegung selbst.

Ganz gleich, wie brutal die Anfechtungen von außen auch sein mögen, ganz gleich, wie übermächtig die Gegner auch wirken mögen – es darf nicht dazu führen, selbst zu verhärten, selbst orthodox oder dogmatisch die eigenen Positionen gegen Kritik oder Zweifel zu immunisieren. Es braucht immer noch und immer wieder ein Zögern. Wenn wir aufhören, als Intellektuelle, als Erzählende, als politisch Engagierte in der Öffentlichkeit uns irritierbar zu zeigen, sind wir verloren. Es braucht immer eine Form der Durchlässigkeit, die uns offenhält für Argumente von außen, die uns andere Ansichten, andere Perspektiven, andere Erfahrungen ernst nehmen und bedenken lässt.

Jonathan Franzen schreibt in einem Essay für den amerikanischen »New Yorker« über die Frage, wie das Erzählen von Natur gelingen könne, und das heißt: wie es Leser:innen faszinieren, einladen, anlocken, überzeugen kann, die nicht schon überzeugte Naturliebhaber:innen sind:

»Narrative nature writing, at its most effective, places a person (often the author, writing in first person) in some kind of unresolved relationship with the natural world, provides the character with unanswered questions or an unattained goal, and then deploys universally shared emotions—hope, anger, longing, frustration, embarrassment, disappointment—to engage a reader in the journey.«[31]

Manches daran ist naheliegend und wenig überraschend: das Erzählen in der ersten Person, das subjektive Genre, das eine andere Zugänglichkeit ermöglicht. Das ist für wissenschaftliche Publikationen (leider) selten bis ausgeschlossen. Das gelingt allerhöchstens in weniger formellen Vorträgen und in jenen Texten, die nicht im methodisch und erzählerisch streng reglementierten akademischen Kontext erscheinen. Das können Essays sein, die subjektive Erfahrungen mit theoretischen Analysen verbinden, wie der herausragende Text von Nastassja Martin »An das Wilde glauben« oder auch der einflussreiche Essay von Edward Abbey »Die Einsamkeit der Wüste«.[32] Gerade Abbey entwickelt auch konkrete Vorschläge und Forderungen, wie die Naturparks geschützt werden könnten vor massenhaftem, zerstörerischem Tourismus.[33]

Was auffällt in der Passage von Franzen: Es sind »ungelöste« Fragen, »ungeklärte« Beziehungen, »unerreichte« Ziele, die hineinziehen in einen Text, die Leser:innen empathisch verwickeln, sie mitfühlen lassen. Wenn das stimmt, dann braucht das Kartographieren im Kontext der Klimakatastrophe immer noch einen Rest Offenheit, etwas, was zum Mitdenken einlädt.

Wer will, dass möglichst viele angesprochen und berührt werden, wer will, dass Klimaschutz als gemeinschaftliche Aufgabe angenommen, wirklich angenommen wird als etwas Eigenes, der sollte ihn als noch *ungelöste* Frage formulieren, als eine Karte mit noch unentdeckten Zonen.

Warum?

Jenes Sprechen, das wissend daherkommt, jene Visionen, die fertig daherkommen, behaupten sich als abgeschlossen. Sie tun so, als bräuchten sie niemanden mehr. Als bräuchten die anderen nur die Erkenntnis oder die richtige Anleitung, als wäre nichts Prozesshaftes mehr da. Das lädt niemanden ein. Da entwickelt niemand Lust, sich zu beteiligen, weil es mutmaßlich nichts Überraschendes mehr braucht.

Wer erzählen will, was wahr ist, was wahr und möglich sein könnte, wer erzählend eine Utopie kartographieren will, muss in diesen Erzählungen durchlässig bleiben. Es braucht lose Fäden, die heraushängen, die aufgenommen und weitergeknüpft werden können. Es braucht Erzählungen, die das, was unsicher ist, auch unsicher lassen, die nicht alles, was ambivalent ist, was widersprüchlich ist, vereindeutigen. Das Unfertige ist womöglich genau das, was Lust macht, mitzudenken, nachzufragen, sich ebenfalls einzumischen. Das Unfertige enthält eine Einladung. Wie ein begonnenes Schachspiel vielleicht, auf das der eigene Blick fällt, wo die Figuren auf dem Brett eine offene Konstellation ergeben und niemand sich entziehen kann, über die nächsten Züge nachzudenken. Es zuckt in den Fingern, das Spiel weiterzuführen, vielleicht nur mit einem einzigen Zug.

Und es braucht auch ein Gespür für ein Vokabular, für Begriffe und Bilder, die auch in andere Kontexte, andere Lebenswelten hineinstrahlen können. Das war in den vergangenen Monaten vielleicht die größte Schwäche derer im politischen Raum, die sich dem Klimaschutz verpflichtet sehen: dass es nicht gelungen ist, das, was nötig ist, das, was sich verändern muss, nicht nur in technische Notwendigkeiten, sondern auch in *soziale und kulturelle Möglichkeiten* zu übersetzen. Alle waren derart auf die Operationalisierung konzentriert, dass die Motive, warum all diese Maßnahmen sich lohnen, was damit auch geschaffen wird an individuellen und gemeinschaftlichen Gütern, aus den Augen verloren wurden.

Wenn Klimaschutz ins Unverständliche zurückfällt, wenn es nurmehr kleinteilige, bürokratische Unübersichtlichkeiten werden, wenn keine Gründe mehr erkennbar sind, dabei sein zu wollen, mitmachen zu wollen, weil es keine Phantasie für jene Räume der Landkarte gibt, die jenseits von uns liegen, dann zerfällt alles in *Zumutungen und Belastungen*.

Deswegen wird es darauf ankommen, ob wir, die wir an Argumente, an Evidenzen, letztlich an eine gemeinsam geteilte Wirklichkeit glauben, unsere Überzeugungen auch *übersetzen* können, ob wir sie in die unterschiedlichen sozialen, kulturellen, religiösen Kontexte und Räume hineintragen, es wird darauf ankommen, wie wir bereit und in der Lage sind, Skalen und Graphen *in Bilder und Erzählungen* zu übersetzen, ob wir *Erfahrungen in Normen übersetzen* und umgekehrt, es wird darauf ankommen, ob wir unser Vokabular überprüfen und erweitern, damit es andere respektvoller einbindet.

»Die Übersetzung ist die Überführung der einen Sprache in die andere durch ein Kontinuum von Verwandlungen«, heißt es bei Walter Benjamin in »Über die Sprache überhaupt und über die Sprache des Menschen«, und dann: »Kontinua der Verwandlung, nicht abstrakte Gleichheits- und Ähnlichkeitsbezirke durchmisst die Übersetzung.«[34]

Das ist nun der *Moment der Erzählerin*. Das ist die Aufgabe, die sich mir als Philosophin und Autorin stellt, die nicht nur das, was wahr ist, das, was geschehen ist, verstehen, rekonstruieren und dokumentieren, nicht nur erklären und analysieren, sondern ausdrücklich *erzählen* will. Das Erzählen im Angesicht der Klimakatastrophe wird sich durch ein solches Kontinuum an Verwandlungen ausweisen müssen.

Das Erzählen ist ein *besonderes Genre*, eines, das anders *zugewandt*, anders *nahbar*, anders *einfühlsam* eine Geschichte, eine Erfahrung, eine Utopie, eine Aufgabe zu teilen vermag. Etwas zu erzählen, ist in der *Form* etwas anderes, als etwas zu fordern, etwas zu erzählen, ist etwas anderes, als etwas einzuklagen, etwas zu erzählen, ist fragiler, als etwas anzukündigen.

Das Erzählen dessen, was wahr ist im Angesicht der Klimakrise, das Erzählen dessen, was wahr sein wird, kann nicht die Katastrophe in ihrer Totalität beschreiben. Das Erzählen wird sich in einzelne Momente, in verschiedene Themen oder Blickrichtungen auffächern. Es ist ein Erzählen, das auch ästhetische Entscheidungen treffen kann und muss. Es wird ein Ausschnitt zu wählen sein, ein Fokus, es werden Figuren und ihre Perspektiven zu suchen sein, es wird eine Form brauchen, eine Sprache, die das, was wahr ist, vermitteln. Es bleibt die Begrenzung der Wirklichkeit: nur das zu beschreiben, was real ist, und nichts zu erfinden. Aber deswegen gibt es trotzdem literarische Kriterien, mit denen das Material der Wirklichkeit strukturiert und verarbeitet wird.[35] Das »Faktuale« des Erzählens kann und darf keine Absage sein an ästhetische Ansprüche, mit welcher Sprache, mit welchem Rhythmus, welcher polyphonen Struktur den Ereignissen und ihrer Bedeutung für die Menschen beizukommen ist.

»Alles hängt davon ab«, schreibt Georges Didi-Huberman in »Sehen versuchen«, »wie jeder, gestützt auf Brocken, die Zeit der Geschichte organisiert, durcharbeitet und neu montiert.«[36]

Es kann ein einzelner Tag sein, der erzählt wird, in allen Stunden und Minuten, in einem multiperspektivischen Spektrum an Personen, die diesen einen Tag erinnern, es kann eine einzige Einsicht sein, die in ihrer ganzen emotionalen Wucht so ausbuchstabiert wird, dass sie erstmals so hell und so klar erkennbar wird, es kann der Hintergrund sein, vor dem alles andere sich abspielt, es kann der Basso continuo sein, der unter allem mitläuft, es können Bruchstücke sein, nur noch Fetzen einer Erzählung, etwas, das zerstückelt, zerfranst, zersplittert ist und in dieser Form eben die Realität eines Bebens abbildet.

Und auch hier wird – ähnlich wie beim Erzählen von Gewalterfahrungen – immer wieder in verschiedene Richtungen gedacht werden müssen. Auch hier werden Menschen und Landschaften nicht allein als die beschrieben, die sich einem darbieten, nicht allein in ihrer zerstörten und verzweifelten Gegenwart, sondern es wird auch gezeigt, was oder wer sie waren, bevor eine Katastrophe über sie hereinbrach.

Ein literarisch herausragendes Beispiel, wie so etwas gelingen kann, ist der Roman »Rombo« von Esther Kinsky, in dem sie verschiedene Personen davon erzählen lässt, wie deren Leben und deren Heimat durch ein schweres Erdbeben erschüttert wurden. Wie sie das macht, ist nicht nur ungeheuer kunstvoll, sondern auch eine Lektion in Menschlichkeit. Das liegt an der Zeit, die betrachtet wird, nicht allein die Zäsur selbst, sondern vor allem das Davor: was die Menschen taten, womit sie gerade beschäftigt waren, worin das Beben sie erfasst hat, wo sie sich befanden, als sie das Grollen hörten, das die Katastrophe ankündigte. Ob sie Holz holen waren, weil tags darauf die Mutter den Käse räuchern wollte, ob sie auf dem Feld standen und der Gesang des Sperbers zu hören war, ob sie sich um den Bruder sorgten, der keine Arbeit hatte – es werden Individuen anschaulich, einzelne Menschen in ihren je besonderen Lebenszusammenhängen, in ihrem Bezugsgewebe menschlicher Angelegenheiten (wie Hannah Arendt das nannte). Sie werden nicht nur literarisch verfügbar gemacht, sie erhalten nicht nur eine erzählerische Funktion. Sie stehen nicht nur für etwas, sind nicht nur Träger einer Botschaft, einer Information, sind nie nur Quellen, die das fürchterliche Beben rekonstruieren helfen sollen. Vielmehr sind es Menschen, die sich durch besondere Eigenschaften auszeichnen, die von Praktiken und Gewohnheiten erzählen, die in einer anderen (früheren) Welt bedeutsam waren, es sind diese Details, die hinausreichen aus Tod und Zerstörung, die auf das Rettende verweisen.

Und ebenso tragen ihre Stimmen und Beschreibungen durch das Danach. Die Erzählung endet nicht in der Verwüstung, sondern es folgen die Beobachtungen und Begegnungen im Aufräumen: wie Arbeiter aus Jugoslawien kommen, um die Trümmer beseitigen zu helfen, wie der Schutt in den Fluss oder die Schluchten geworfen wird. So bleiben die Menschen nicht eingefroren im Modus der Ohnmacht. Sie tauchen nicht nur als Handlungsunfähige auf, sind nicht nur der Katastrophe ausgeliefert, sondern die Geschichte wird fortgeführt. Und durch den gesamten Text zieht sich die Frage nach den Bedingungen für die Möglichkeit des Erzählens selbst,[37] woran sich erinnern lässt, wie sich diese Erfahrung mit-teilen lässt, wem was geschieht im und durch das Erzählen. Die Figur von Toni sagt in »Rombo«: »Wenn ich eine Erinnerung erzähle, wird sie etwas ganz anderes. Etwas, das nicht mehr zu mir gehört. Vielleicht weil ich merke, dass der, der mir zuhört, nie dasselbe sieht wie ich. Das stört mich. Obgleich es ja normal ist.«[38]

Es sind oft gerade fiktionale Formate, an denen sich besonders genau zeigen lässt, wie das Erzählen im Angesicht der Katastrophe gelingen könnte. Nicht alles davon ist übertragbar auf nichtfiktionales Erzählen. Dem sind Grenzen gesetzt. Aber trotzdem geben auch literarische Texte oder Filme Hinweise darauf, wie sich Gewalt und Klimakrise erzählerisch aneignen und verwandeln lassen, sodass sie in ihrer existentiellen Tiefe verständlich werden. Mein essayistisches Denken, mein Nachdenken über das Erzählen dessen, was wahr ist, ist auch geprägt von den großen historischen oder philosophischen Studien oder Erzählungen, wie beispielsweise jenen von Tsvetan Todorov, von subjektiven Essays, die Analyse und Anschauung zu kombinieren wissen, wie bei Daniel Mendelsohn, oder von Texten, die als Denkübungen funktionieren, wie Mediationen, wie bei Jean Améry oder Ingeborg Bachmann natürlich. Aber für mich sind es sicherlich mehr literarische Texte, Romane, Gedichte, filmische Erzählungen, aus denen ich gelernt habe und die mich geprägt haben.[39]

Verstehen Sie mich richtig. Ich will nicht behaupten, dass es nun *allein* auf das Erzählen ankäme. Wir werden *alle Genres* ausnutzen müssen, wir werden in verschiedenen Rollen und Funktionen trocken-analytisch oder ironisch-verzweifelt oder leidenschaftlich-zornig klingen müssen.

Am besten im Wechsel. Wir werden unsere Worte durch ein Kontinuum von Verwandlungen schicken müssen, damit sie auch diejenigen inkludieren, die sonst ausgeschlossen werden, damit sie auch diejenigen erreichen, die denselben Worten vielleicht andere Bedeutungen zumessen, für die bestimmte Begriffe durch historische Erfahrungen belastet sind, Begriffe, die die Erinnerung an Unterdrückung oder Ausbeutung, an Versklavung und Gewalt evozieren. Wir werden zwischen Kulturen, und das heißt eben zwischen Erfahrungen und Ängsten, übersetzen müssen. Wir werden dafür alle Instrumente nutzen müssen, wenn wir erfolgreich sein wollen, alle ästhetischen, künstlerischen Formen, so, wie wir an die verschiedensten religiösen oder popkulturellen Praktiken appellieren werden müssen. Wir werden uns nicht mehr verlassen können auf altvertraute Medien oder Multiplikatoren. Wissen wird nur vermittelt werden, wenn es sich verwandelt und übersetzt in andere Sprachen, Praxen, Medien.

Das wird nur gelingen, wenn das eigene politische, aktivistische, publizistische Handeln *befragt* wird. Nicht nur auf die Frage hin, ob das, was gesagt wird, *stimmt*, sondern auch, ob es *verständlich*, ob es *einladend*, ob es *inklusiv* genug ist, ob es in verschiedene Sprachen und Kontexte hineinreichen und wirken kann, ob es wirklich nach vorwärts gedacht ist, ob es das Noch-Nicht auch kartographiert, ob es in Möglichkeiten, nicht in Unmöglichkeiten denkt – und neue Wege aufzeigt.

»Weil jeder Mensch aufgrund des Geborenseins ein initium ist, ein Anfang und ein Neuankömmling in der Welt ist, können Menschen Initiative ergreifen, Anfänger werden und Neues in Bewegung setzen«, schreibt Hannah

Arendt in »Vita Activa«.[40] Es braucht ein Erzählen, das etwas öffnet, das sich nicht durch das eigene Versagen, die eigenen Schwächen niederschmettern und lähmen lässt, sondern eines, das auch im Moment der Verzagtheit nach dem sucht, was auch wahr ist.

Sie haben mich gebeten, darüber nachzudenken in diesen Poetikvorlesungen, was Erzählen der Wirklichkeit sei, was es auszeichnet und warum es gebraucht wird.

Nun, es braucht ein Erzählen, das sich dem, was (normativ) wahr ist, was gelten sollte, widmet, auch wenn es geleugnet wird. Es braucht ein Erzählen, das die Ausgrenzungen und Missachtungen entlarvt, das sich der Menschenverachtung und der Gewalt widersetzt. Es braucht ein Erzählen trotz allem, was sich dem, was beschwiegen wird, was bestritten wird, was entstellt und deformiert wird, stellt. Es braucht ein Erzählen, das nach vorne hin aufzeigt, was sein könnte, wie wir leben wollen und auch können, es braucht ein Erzählen, das gleichermaßen wahr und utopisch ist, das der Apokalypse und der Gewalt absagt und schreibend das begründet, was es herstellen will: Humanität.

Ich danke Ihnen.

Anmerkungen

1 Toni Morrison, God help the Child, London 2015, S. 112.

2 Viel wird zur Zeit im öffentlichen Raum gestritten über die Frage, ob und wie wir sprachlich verschiedene Geschlechtsidentitäten adressieren sollen. Mir ist es ein Anliegen, Menschen gleichwertig sichtbar zu machen. Mir ist es eine selbstverständliche Form der Höflichkeit, sie so anzusprechen, wie sie angesprochen werden möchten. Das verlangt mitunter, von bislang üblichen Sprech- oder Schreibweisen abzuweichen. Das ist nicht immer leicht. Nicht alle sind sich einig, welche Form nun wirklich inklusiv und grammatikalisch sinnvoll ist. Wir sind alle eingelassen in sprachliche Gewohnheiten. Sich ein Wort, das einem lange vertraut war, wieder abzugewöhnen, fällt auch mir nicht immer leicht. Aber ich versuche es. Ich will Personen, die sich dauerhaft nicht als »männlich« oder »weiblich«, sondern als nicht-binär verstehen, auch sprachlich einbeziehen. Ich kann nicht sagen, was dafür die beste Lösung wäre. Ich vermute, wir werden verschiedene schriftliche und mündliche Formen ausprobieren – manche als verletzend, manche als unpraktisch wieder verwerfen. Und uns vielleicht nach und nach auf etwas verständigen, das den Test des Alltags besteht. Bis dahin werden wir stottern oder holpern – aber das tue ich sonst im Leben auch. Ich habe es hier in diesem Text mit einem Doppelpunkt versucht, der männliche und weibliche Formen verbindet und darin die nicht-binären Menschen auch als Möglichkeiten mitdenkt. Andere versuchen das mit dem legendären *Stern oder mit einem _Unterstrich. Und wieder andere versuchen es mit einer generischen Form, die geschlechtsneutral sein will. Für mich sind diese sprachlichen Anpassungen kein Grund zur Orthodoxie. Ich glaube nicht, dass es für jeden Kontext, für jede Person ultimativ entscheidend sein kann, ob sie nun gendert oder nicht. Etwas mehr Gelassenheit, etwas mehr Nachsicht und auch etwas mehr Einfühlung in verschiedene Erfahrungen oder Bedürfnisse wären hilfreich.

3 Was dieses »entsprechen« bedeutet, ist wiederum Gegenstand erkenntnistheoretischer Debatten, die ich hier nicht ausreichend abbilden kann.

4 Chase Wrenn, Truth, Cambridge 2014, S. 3.

5 Zu den Fragen der Zeugenschaft habe ich ausführlich geschrieben in: Carolin Emcke, Weil es sagbar ist. Über Zeugenschaft und Gerechtigkeit, Frankfurt 2013. Aber ich möchte hier auch mindestens einige der Titel nennen, die mein Denken über die Fragen der Zeugenschaft geprägt haben: Geoffrey Hartman, Die Wunde lesen, in: Holocaust, Zeugenschaft, Kunst und Trauma, in: Gary Smith/Rüdiger Zill (Hg.), Zeugnis und Zeugenschaft, Postdam 2000, S. 83–110; Dominique LaCapra, Writing History, Writing Trauma, Baltimore 2001; Georges Didi-Huberman, Bilder trotz allem, München 2007; Elaine Scarry, The Body in Pain. The Making and Unmaking of the World, Oxford 1985; Tzvetan Todorov, Facing the Extreme. Moral Life in the Concentration Camps, New York 1996; C.A.J. Coady, Testimony. A Philosophical Study, Oxford/New York 2002; Sibylle Schmidt/Sybille Krämer/Ramon Voges (Hg.), Politik der Zeugenschaft. Zur Kritik einer Wissenspraxis, Bielefeld 2011.

6 Ein anderer Fall sind all jene propgandistischen Texte oder Videos, die von Terrorgruppen als Instrumente des Terrorisierens eingesetzt werden. Formal weisen auch manche der Hinrichtungsvideos erzählerische Strukturen auf, sie sind dramaturgisch aufgebaut und inszeniert, sie sind mit popkulturellen Codes und Signaturen versehen, die eine eigene Analyse bräuchten. Siehe dazu auch: Carolin Emcke, Dankrede zur Verleihung des Johann-Heinrich-Merck-Preises 2014, Göttingen 2014, S. 53–62.

7 Miranda Fricker, Epistemische Ungererchtigkeit. Macht und die Ethik des Wissens, München 2023.

8 Mirjam Zadoff, Gewalt und Gedächtnis. Globale Erinnerung im 21. Jahrhundert, München 2023, S. 23.

9 Dazu ausführlich in: Carolin Emcke, Wie wir begehren, Frankfurt 2012.

10 https://forensic-architecture.org/investigation/the-murder-of-halit-yozgat

11 Emmanuel Lévinas, Das sinnlose Leiden, in: ders., Zwischen uns. Versuche über das Denken an den Anderen, München/Wien 1995, S. 117f.

12 Primo Levi, Ist das ein Mensch?, München/Wien 1991, S. 27.

13 Bei Warlam Schalamov, der über die Erfahrung des Gulag geschrieben hat in seinen Erzählungen aus Kolyma, gibt es eine

lange Passage, in der über die Bedingungen des Verstehens dieser alles zersetzenden Gewalt reflektiert wird. »Nicht ein einziges Mal hing ich einem langen Gedanken nach. Versuche, dies zu tun, verursachten geradezu körperlichen Schmerz. Nicht ein einziges Mal in diesen Jahren war ich von der Landschaft entzückt – wenn sich mir etwas eingeprägt hat, so hat es sich später eingeprägt. Nicht ein einziges Mal fand ich in mir die Kraft zu energischer Empörung. Alle meine Gedanken waren demütig und stumpf …… Wie sich in diesen Zustand zurückversetzen und in welcher Sprache davon erzählen?«, Warlam Schalamov, Über die Kolyma. Erinnerungen, Berlin 2018, S. 12f.

14 Vgl. dazu auch: Carolin Emcke, Gegen den Hass, Frankfurt 2016.

15 Jean Améry, Jenseits von Schuld und Sühne, in: Gesammelte Werke, Bd. 2, Stuttgart 2002, S. 43.

16 Ausführlicher dazu in: Carolin Emcke, Weil es sagbar ist, Frankfurt 2013.

17 Ruth Klüger, weiter leben, Göttingen 1992, S. 26f.

18 Jorge Semprún, Schreiben oder Leben, Frankfurt a.M. 1995, S. 23. Ich habe länger über das Sagbare geschrieben in: Weil es sagbar ist, Frankfurt a.M. 2013.

19 https://www.newyorker.com/magazine/2017/11/06/is-bigfoot-likelier-than-the-loch-ness-monster

20 Ottmar Edenhofer, Die nächste Generation zahlt den Preis, in: FAZ, 1. August 2022, S. 9.

21 Jerry Brotton, Die Geschichte der Welt in zwölf Karten, München 2014, S. 9ff.

22 Leo Tolstoi, Der Tod des Iwan Iljitsch, Stuttgart 1965/1992, S. 83.

23 Bruno Latour/Nicolaj Schultz, Zur Entstehung der ökologischen Klasse. Ein Memorandum, Berlin 2022, S. 37.

24 Jan Philipp Reemtsma, Vertrauen und Gewalt, Versuch über eine besondere Konstellation der Moderne, Hamburg 2008, S. 22.

25 Michel Foucault, »Vorlesung 2« (Sitzung vom 12. Januar 1983), in: ders., Die Regierung des Selbst und der anderen, Frankfurt a.M. 2009, S. 63–104.

26 Zur Rolle des Heartland Institutes vgl. vor allem: Naomi Klein, Warum nur ein Green New Deal unseren Planeten retten kann, Hamburg 2019, S. 85–96.

27 Siehe dazu: Kira Vinke, Sturmnomaden. Wie der Klimawandel uns Menschen die Heimat raubt, München 2022.

28 Es gibt historische Figuren, die gezeigt haben, dass und wie das möglich ist. Der amerikanische Bürgerrechtsaktivist Bayard Rustin ist und bleibt für mich lebenslang Vorbild in diesem Ringen.

29 Nastassja Martin, An das Wilde glauben, Berlin 2021, S. 42.

30 Getragen von dieser Hoffnung formuliert die Philosophin Eva von Raedecker eine »Revolution für das Leben«. Philosophie der neuen Protestformen, Frankfurt a.M. 2020.

31 https://www.newyorker.com/culture/the-weekend-essay/the-problem-of-nature-writing

32 »An das Wilde glauben« gehört wirklich zum Eindrucksvollsten, was ich überhaupt in den letzten Jahren gelesen habe; Edward Abbey, Die Einsamkeit der Wüste, Berlin 2016. Beide übrigens bei Matthes & Seitz erschienen. Deren von Judith Schalansky editierte Reihe »Naturkunden« verdient hier besondere Erwähnung und Dankbarkeit.

33 Abbey ist sonst eine ambivalente Figur, sein späterer Roman »The Monkey Wrench Gang« und seine Positionen zu Protestformen und Gewalt überaus strittig. Hier ging es erstmal um das Genre des subjektiven Essays »Die Einsamkeit der Wüste«.

34 Walter Benjamin, Über Sprache überhaupt und über die Sprache des Menschen, in: Metaphysisch-geschichtsphilosophische Studien, Gesammelte Schriften, Bd. II/1, Frankfurt a.M., S. 151.

35 Der absurde Satz »Sagen, was ist« war immer schon so schlicht wie unterkomplex. Darin werden nicht nur all die anspruchsvollen epistemischen Fragen verleugnet, wie es überhaupt Gewissheit geben kann, was wahr ist, wie sich all die eigenen Sichtblenden und Vorannnahmen reflektieren lassen, die möglicherweise die Urteilskraft verzerren. Sondern darin wird auch die Aufgabe des Erzählerischen selbst verdeckt. Natürlich gibt es eine Vielfalt an Genres, an Techniken, an Formsprachen, an Metaphern und Analogien, an Rhythmen, mit denen sich etwas »sagen« lässt. Es ist von eigentümlicher Peinlichkeit, dass dieser Slogan noch immer so prominent zitiert wird, als könnte er irgendetwas an der ethischen und ästhetischen Aufgabe des faktualen Erzählens erfassen.

36 Georges Didi-Huberman, Sehen versuchen, Konstanz 2017, S. 19.

37 Esther Kinsky, Rombo, Berlin 2022.

38 Esther Kinsky, Rombo, Berlin 2022, S. 55.

39 Um noch ein ganz anderes Beispiel anzuführen: Wie der Regisseur Christian Petzold in seinem Film »Roter Himmel« nicht nur die

immer näher rückenden Waldbrände in Szene setzt, wie sie eben *nicht* als plötzlich hereinbrechende Katastrophe auftauchen, sondern wie er eine permanente Gegenwärtigkeit der Gefahr zeigt – das ist grandios. Es ist immer da. Es zieht immer engere Kreise. Alle können sehen, was ist, und es bleibt ohne Reaktion, ohne Einsicht. Im Film bildet das den Untergrund der Figuren und ihrer Konflikte. Gleichzeitig erzählt Petzold in der Person Leon von einem, der immer nur verharrt, der sich nicht entscheiden kann, der immer nur unzufrieden und selbstbemitleidend ist, der hängt, in seiner Arbeit, in seinen Beziehungen. Leon ist mit und in sich verheddert, er nimmt sich alle Optionen, zu handeln. Und sucht nach Ausreden. Anfangs setzt sich das eine (die Waldbrände) zu dem anderen (Leons Starre) gar nicht ins Verhältnis. Es sind die privaten, persönlichen Querelen und Beziehungsgeflechte, die einen in ihren Bann ziehen. Erst nach und nach überblenden sich beide Motive und verdichten sich zu einer erschütternden Kritik an der Selbstverhinderung im Angesicht der Zerstötung.

40 Hannah Arendt, Vita Activa oder: vom Tätigen Leben, München 1967/1981, S. 166.

»Begründen, was faktuales Erzählen leisten kann und muss«

Carolin Emcke im Gespräch mit Christian Klein

Wie würden Sie beschreiben, was Sie sich im Rahmen der Wuppertaler Poetikdozentur für faktuales Erzählen vorgenommen haben?

Zunächst einmal: Ich habe einen Teil meiner Kindheit hier in Wuppertal verbracht. Das erste, was ich mir vorgenommen hatte, war: meine alte Grundschule zu besuchen. Zur Poetikdozentur: Ich habe mich sehr über diese Einladung gefreut, weil ich sie als Gelegenheit verstanden habe, über das eigene Schreiben nachzudenken. Das Schreiben, das sich an der Wirklichkeit orientiert, unterliegt ja bestimmten Zwängen. Es ist ein Erzählen von Ereignissen und Erfahrungen, von denen sich sagen lässt: Das ist wahr, das ist geschehen, dafür gibt es glaubwürdige Belege. Insofern versuche ich hier in Wuppertal, in diesen zwei verschiedenen Vorlesungen, darüber nachzudenken, was das eigentlich bedeutet: sich auf die Suche zu begeben nach dem, was wahr ist. Welche epistemischen, welche ethischen Fragen entstehen aus diesem Anspruch? Welche Verpflichtung habe ich denen gegenüber, von denen ich erzähle? Was bedeutet es, nicht nur über das zu schreiben, was ist, sondern auch über das, was einmal war oder sein wird?

Sie haben die Poetikdozentur für faktuales Erzählen als eine große Herausforderung bezeichnet. Was haben Sie damit gemeint?

Na, das ist schon eine schwere Aufgabe (*lacht*). Vielleicht unterschätzten Sie als Einladende auch, was das, wenn man es ernst nimmt, auch von einem verlangt. In der Poetikvorlesung wollte ich nicht nur von einem Ereignis erzählen, ich wollte nicht nur illustrieren, was faktuales Erzählen heißt. Sondern ich wollte die Bedingungen des Erzählens auch aufschlüsseln und reflektieren. Ich mache mich in den Vorlesungen auf die Suche nach den Voraussetzungen, den Kriterien, den Grenzen des Verstehens und des Erzählens. Und dabei versuche ich nachzudenken über das Spannungsverhältnis von dem, was wahr ist, und dem, was wahr sein sollte, und dem, was wahr sein könnte. Ich denke nach in den Vorlesungen über Wahrheit und Utopie – weil ich denke, dass es diese beiden Begriffe sind, die wir in unserer Gegenwart brauchen. Wir kommen in den Krisen der Gegenwart, in denen es autoritäre Anfechtungen der Demokratie gibt, nicht ohne den Begriff der Wahrheit aus. Die Demokratie kommt nicht ohne einen Wahrheitsanspruch aus. Das haben uns die letzten Jahre gezeigt mit einer fragmentierten Öffentlichkeit, in der Desinformation und Lügen, Hass und Ressentiment ungefiltert florieren. Und wir kommen auch im Angesicht der Klimakatastrophe ohne den Begriff der Wahrheit nicht aus. Wir sind verloren, wenn wir aufgeben, die Unterschiede von »begründet« und »unbegründet« zu verteidigen. Wir müssen mit Gründen, mit Argumenten, mit Belegen gegen Verschwörungserzählungen und Desinformation auch im Klimafeld operieren. Aber wir kommen auch ohne den Begriff der Utopie nicht aus. Es braucht hier auch ein

Denken des Noch-Nicht, es braucht ein Erzählen dessen, was wahr sein wird, oder dessen, was wahr sein könnte. Ohne eine Erzählung von dem, worauf sich hoffen lässt, werden wir die notwendigen Veränderungen nicht überzeugend vermitteln können.

Für Erzählforscher:innen ist es besonders spannend, dass Sie in Ihren Vorlesungen auch den Fokus auf die Arbeitsphase legen, die vor der eigentlichen Textproduktion stattfindet, und gleichermaßen systematisch wie anschaulich diskutieren, welche Prozesse im Vorfeld ablaufen.

Das ist tatsächlich das, was mich besonders interessiert. In der ersten Vorlesung versuche ich erst einmal, begreiflich zu machen, was das Besondere am Schreiben über Krieg und Gewalt ist. Was einen erschüttert und verstört in diesen Gegenden aus Tod und Zerstörung – und was alles vor der Frage steht, wie sich davon erzählen lässt. Was es heißt, mit Landschaften konfrontiert zu werden, die in nichts mehr dem ähneln, was wir als Landschaft beschreiben würden, mit dem Anblick von Körpern, mit dem Anblick von Menschen konfrontiert zu werden, die entstellt sind, was es heißt, mit Erfahrungen konfrontiert zu werden, die allem widersprechen, was wir glauben wollen, das Menschen einander antun können. Mich interessieren hier die epistemischen und die ethischen Fragen. Wie begegne ich den Opfern von brutalster Entrechtung und Gewalt? Wie erzähle ich von ihnen, ohne dass sie nur als »Opfer«, als »Beschädigte« daherkommen?

Lässt man einmal Auftragsarbeiten beiseite: Was muss denn ein Thema mitbringen, damit Sie sich dafür interessieren, damit Sie sich überlegen, dazu einen Text zu schreiben?

Das ist eine wirklich gute Frage, weil ich sie nicht beantworten kann. Ich weiß von meinem Lektor Peter Sillem, dass eigentlich alle Bücher von mir damit anfangen, dass ich ihm sage: »Ich schreibe an etwas, das wird aber bestimmt kein Buch.« Das zeigt, dass ich zu Anfang unbedingt ausblenden muss, dass etwas ein Buch wird oder eine Veröffentlichung. Ich schreibe auch, um etwas zu klären, um etwas zu verstehen, um mich auszusetzen den Fragen, die mich bedrängen. Man könnte sagen – ich habe das irgendwo auch mal so beschrieben –, es ist eine Form von »Murmeln«, dass man etwas schreibend oder erzählend ausprobiert, das noch nicht an Adressaten gerichtet ist. Damit mich etwas als Thema interessiert? Es gibt sicher ein Thema, das sich durch alle meine Essays und Bücher hindurchzieht: Sprachlosigkeit. Genauer: Mich treibt das Verhältnis von Gewalt, Traumatisierung und Sprachlosigkeit um, oder auch das Verhältnis von Tabuisierung, Scham und Sprachlosigkeit. Seit einigen Jahren schon beschäftigt mich auch die Klimakrise. Ich reise und lese seit einigen Jahren intensiv philosophische, literarische, naturwissenschaftliche Analysen und Theorien, ich versuche, als jemand, die sich eindeutig zu spät dieser Krise zugewandt hat, mir soviel wie möglich an Wissen, aber auch Anschauung anzueignen. Ich bin vor einigen Jahren nach Ny-Ålesund, zur Forschungsstation in der Arktis, gereist – und es hat mein Leben verändert. Und so ist es für mich hier in dieser Vorlesung auch entscheidend gewesen, die Fragen von Wahrheit und Utopie, die Bedingungen des Erzählens, auch im Angesicht der Klimakrise, durchzuspielen.

Haben die Debatten um Fake News und »alternative Fakten« Ihre Arbeitsweise verändert bzw. Ihren Blick auf das, was wir faktuales Erzählen nennen? Vielleicht dergestalt, dass man sich noch stärker absichern muss?

Es hat sich im Kern nichts verändert. Es bleibt der Anspruch, nach dem zu suchen, was wahr ist, es bleibt der Anspruch, selbstkritisch zu fragen, warum ich etwas für glaubwürdig und etwas anderes für weniger glaubwürdig halte, es bleibt die Skepsis gegen mich selbst, welche Sichtblenden, welche Vorannahmen, welche Erfahrungen mich prägen. An den kritischen Standards hat sich gar nichts verändert. Aber es gibt ein größeres Misstrauen. Es gibt auch Akteure, die absichtsvoll Misstrauen schüren. Es gibt Akteure, die nicht nur Desinformation und Lüge verbreiten, sondern die die Möglichkeit des Wissens selbst unterwandern wollen. Es wird so lange behauptet, es gäbe immer verschiedene gleichwertige Ansichten, es wird so lange suggeriert, es gäbe gleichwertige Meinungen, dass am Ende jeder Wahrheitsanspruch aufgelöst wird. Alles soll relativ, nichts soll gewiss sein. Das ist ein epistemischer Relativismus, der mir Angst einflößt. Wir sind verloren, wenn wir nicht mehr glauben, dass es gute Gründe für eine Überzeugung gibt, wenn wir nicht mehr glauben, dass sich Ereignisse auch verifizieren oder falsifizieren lassen. Wir erleben, dass es ein ganzes Spektrum an rechtsradikalen, autoritären, faschistischen Bewegungen und Regimen gibt, die ein Interesse daran haben, dass der Unterschied zwischen »richtig« und »falsch« verschwimmt.

Die Wirklichkeit ist der Referenzpunkt, den wir alle gemeinsam haben, ist das, was uns, allen anderen Unterschieden zum Trotz, verbindet. Und in dem Maße, in dem diese Wirklichkeit infrage gestellt wird, geht eben auch das verloren, was uns eint. Das erleben wir seit einer Weile sehr systematisch. Auch im Angesicht der Klimakatastrophe wird von unterschiedlichen Interessengruppen versucht, die Grundlagen dessen, was wir für Tatsachen halten, was als Wissen, was als Fakten gelten kann, zu destabilisieren. Und in diesem Kontext sehe ich auch die Poetikdozentur: Wir müssen gegen diese Anfechtungen Argumente liefern, indem wir begründen, was faktuales Erzählen leisten kann und muss.

Wie sieht das in Ihren Augen aus, was faktuales Erzählen leisten kann und muss?

Also: Es muss zunächst einmal stimmen. Es muss sich auf etwas in der Welt beziehen, auf etwas Reales, Wahres. So kompliziert das jetzt philosophisch ist, was das genau heißt. Aber als Erzählung braucht es auch eine poetische Kraft. Es darf das Material, das sich Wirklichkeit nennt, natürlich auch verwandeln. Nicht in etwas Erfundenes. Aber es braucht auch ästhetische, literarische, musikalische Entscheidungen, damit das, wovon da erzählt wird, auch verständlich, nahbar, spürbar wird.

Tatsächlich ist es die Idee hinter der Poetikdozentur, dieses Spannungsverhältnis zwischen Referentialität und Konstruktivität, in dem faktuales Erzählen steht, zu konturieren, um so die Besonderheiten, aber auch die Herausforderungen des faktualen Erzählens zu reflektieren und sich des Diskursrahmens bewusst zu werden, in dem man sich bewegt.

Allerdings sehe ich auch die Gefahr, ins allzu plumpe Gegenteil umzukippen. Unter dem Druck des Postfaktischen auf einmal mit naiven Wahrheitsbegriffen oder naiven Wissenschaftsbegriffen dagegenzuhalten – das wäre jetzt auch nicht sinnvoll. Was als »wahr« gilt, was als »real« gilt, was als »objektiv« gilt, ist eine philosophisch ausgesprochen anspruchsvolle Diskussion. Wenn wir aus lauter Angst, dass uns die Glaubwürdigkeit entzogen wird, anfangen würden, die eigene Wahrheitsorientierung, die eigenen Beobachtungen für weniger fragil zu halten, als sie sind. Da müssen wir aufpassen. Ich hoffe und glaube, dass alle, die diese Poetikdozentur ausfüllen dürfen, diese Ambivalenzen, diese Unsicherheiten, diese Skepsis, die sich durch das faktuale Erzählen ziehen, herausstellen. Ich kann es mir zumindest nicht anders vorstellen.

Weil Sie gerade am Rande davon gesprochen haben, was Sie im Rahmen der Poetikdozentur »bewirken« möchten: Haben Sie eine Wunschvorstellung, was Ihre Texte bei den Leser:innen auslösen sollten?

Ich würde bei meinen Texten vermuten, da sie so unterschiedlich sind, dass sie ganz verschiedene Resonanzräume erreichen und sicherlich auch ganz unterschiedlich wirken. Ich habe lange Reportagen geschrieben. Auch Essays. Die Kolumnen sind meistens Essays, so hoffe ich jedenfalls. Und dann gibt es die Bücher. Zu Gewalt, zu Zeugenschaft, zu Begehren und Musik. Es gibt ein Tagebuch der Pandemie, also im Genre noch einmal etwas ganz anderes. Wenn ich sagen sollte, was all mein Schreiben durchzieht, dann ist das, hoffentlich, dass eine Autorin erkennbar wird, die irritierbar bleibt. Die auch sich selbst befragt und zur Disposition stellt. Und sicher enthalten alle Texte einen utopischen Vorgriff, eine Hoffnung auf eine inklusivere, gerechtere, nachhaltige Welt.

Wo würden Sie angesichts der Dringlichkeit der aktuellen Krisen die Grenze zwischen Journalismus und Aktivismus ziehen?

Ich halte »Aktivismus« inzwischen für einen Kampfbegriff in einem Milieu, das versucht, bestimmte journalistische Institutionen – insbesondere den öffentlich-rechtlichen Rundfunk – als solche oder bestimmte Diskurse mutwillig zu entstellen, um alle, die sich für strikte Analyse und Aufklärung einsetzen, zu diskreditieren. Journalismus heißt zunächst, sich der Recherche, der Kritik, der Zeugenschaft verpflichtet zu fühlen, es heißt, nach Belegen, nach Quellen, nach Gründen zu suchen. Und sich nicht einschüchtern oder korrumpieren zu lassen. Aber auch im Journalismus gibt es normative Prinzipien, an denen sich die eigene Arbeit orientiert: das Grundgesetz, Menschen- und Bürgerrechte, die internationalen Konventionen, das Strafgesetzbuch übrigens auch. Ich bin nicht neutral den Menschenrechten gegenüber, ich bin nicht neutral den Genfer Konventionen gegenüber. Und das hilft, als Orientierung in Konfliktgebieten, sowohl die eine als auch die andere Seite kritisieren zu können, wenn sie gegen diese Normen verstoßen. Und ebenso gilt das für die Orientierung an wissenschaftlichen Erkenntnissen im Kontext der Klimakrise. Wenn das dann von außen als »Aktivismus« bezeichnet wird, dann ist das reines Kampagnentum. Wenn es bereits als »aktivistisch« gilt, sich an Wissen und Information oder an Menschenrechten und Genfer Konventionen zu orientieren und auch daran festzuhalten, wenn die Schleier der Desinformation oder der Propaganda alles einzulullen versuchen – dann ist das fatal. Ich verstehe mich selbst als Autorin, als Essayistin, als philosophisch geschulte Publizistin. Und ich reihe mich mit meinen Büchern und Texten in die Tradition jener Denker:innen ein, die als »engagiert« tituliert wurden. Wenn das ein Schimpfwort geworden sein sollte, dann nehme ich das gern an.

Welches Buch würden Sie jemandem empfehlen, der an den Möglichkeiten und Herausforderungen des faktualen Erzählens besonders interessiert ist?

Das Buch, das ich gern empfehlen möchte, weil es mich sehr lange schon begleitet und auch sehr beeindruckt hat, ist Daniel Mendelsohns »Flüchtige Umarmung. Von der Sehnsucht und Suche nach Identität«. Er ist einer der elegantesten Erzähler, die ich kenne. Ich könnte jedes seiner Bücher empfehlen, »Die Verlorenen«, »Eine Odyssee«, aber »Flüchtige Umarmung« habe ich sehr früh gelesen. Und es war wirklich ein Schock, ein tiefes Glück und auch eine Inspiration. Weil ich dachte: »Ach, so kann man also über Homosexualität schreiben.« Mit dieser Klugheit, mit dieser Bildung, mit dieser Zartheit und, nicht zuletzt, dieser selbstbewussten Schamlosigkeit. Großartig. Das wollte ich auch. Das möchte ich allen ans Herz legen.

Wuppertal, Juli 2023

Bibliografische Information der Deutschen Nationalbibliothek
Die Deutsche Nationalbibliothek verzeichnet diese Publikation in der Deutschen Nationalbibliografie; detaillierte bibliografische Daten sind im Internet über http://dnb.d-nb.de abrufbar.

www.wallstein-verlag.de
Vom Verlag gesetzt aus der Stempel Garamond
Umschlaggestaltung: Wallstein Verlag, Göttingen,
Foto: © imago images
Druck und Verarbeitung: Hubert & Co, Göttingen

ISBN 978-3-8353-5625-2